U0477623

时文
精粹
SHIWEN
JINGCUI

时文精粹 SHIWEN JINGCUI

时光深处的柔软

张亚凌◎著

煤炭工业出版社
·北 京·

图书在版编目（CIP）数据

时光深处的柔软／张亚凌著．－－北京：煤炭工业出版社，2016（2023.1 重印）

（时文精粹／陈勇，吴军主编）

ISBN 978-7-5020-5238-6

Ⅰ.①时…　Ⅱ.①张…　Ⅲ.①散文集—中国—当代　Ⅳ.①I267

中国版本图书馆 CIP 数据核字（2016）第 053746 号

时光深处的柔软

著　　者	张亚凌
丛书主编	陈　勇　吴　军
责任编辑	马明仁
封面设计	宋双成

出版发行　煤炭工业出版社（北京市朝阳区芍药居 35 号　100029）
电　　话　010-84657898（总编室）
　　　　　010-64018321（发行部）　010-84657880（读者服务部）
电子信箱　cciph612@126.com
网　　址　www.cciph.com.cn
印　　刷　北京飞达印刷有限责任公司
经　　销　全国新华书店

开　　本　710mm×1000mm $^1/_{16}$　印张　14　字数　120 千字
版　　次　2016 年 5 月第 1 版　2023 年 1 月第 5 次印刷
社内编号　8089　　　　　　　　定价　46.00 元

版权所有　违者必究

本书如有缺页、倒页、脱页等质量问题，本社负责调换，电话：010-84657880

序言 | *Preface*

爱，温暖生命的底色

周海亮

教师，是我一直羡慕和尊敬的职业。

且不说"传道、授业、解惑"的崇高天职对学识素养的要求，且不说"为人师表""率先垂范"的灵魂高地对自我人格的要求，单是于三尺讲台静气站定，面对童稚的知识渴求与精神信赖，一颗师者之仁心，已瞬间蒸腾升华。

于是，这三尺神圣之地，与红尘俗世相比，自有热情代替旁观，温暖代替冷漠，责任代替推诿，奉献代替索取。

知与识，暖与爱，是师者带给这个世界最珍贵最高尚的礼物。

张亚凌，正是这样一位师者。《时光深处的柔软》，也正是这样一本书。

也许是一张张纯真的面庞，让张亚凌老师可以时时回望属于自己的旧日时光，让张亚凌老师心地柔软如叶梢之露。张亚凌老师以温馨而感人、慈悲又不失力量的笔触，记录下了在她生命中那么远又那么近、那么冷又那么暖、那么悲伤又那么欢乐、那么疼痛又那么坚强的一幕幕过往。

往事，在时光深处发酵成香醇的酒，弥散成温馨的画，飘摇成迷人的歌。回眸凝望，往事携着深爱，已流淌成缠绵的河，泛舟其间，幸福漫上心头。

是岁月，芬芳了所有的记忆；遗失了寒冷，你将不再畏惧天寒地冻；成长中不曾错过的，原是为了点缀你走过的足迹；青春的痛，却让你的自卑绽放成花；扔你到悬崖边的，终将对她粲然一笑；流泻在后院的时光，洋溢着无邪；变幻出种种玩物的麦秸，在瓦罐里欢笑着的鸡蛋们……幸福藏匿在飞逝的时光里，打开记忆的闸门，奔涌而出的是欣慰。

是时光，将一切过往涂上了诱人的金黄：人生是不能轻易被注定的，所以不被人看好的她走出了自己的灿烂；不得不面对的磨难与悲苦，正是独属自己的学校；无翅也能飞翔，皆因信念的坚韧……时光真是神奇，总能将曾经的不堪打磨成一块块精美的垫脚石。

文如其人，人如其文。

读张亚凌老师这样的文字，尤能感受到她那敏感多思的女儿心、舐犊情深的慈母心、博大仁爱的师者心。互为映照，我们也恰恰能够从这些带有自传性质的篇章中，读懂张亚凌老师的人生轨迹和心路历程：文字记录着过往，过往昭示着未来。于是我们也不难理解，这一篇篇肺腑之言、温情文字，如何记录了她，如何剖析了她，如何展示了她，又如何成就了她。

源于此，也缘于此，当如我一般的读者捧读这本《时光深处的柔软》时，并不会叹息伤感于书中那曾疼痛的痕。相反，是岁月里绵绵不绝的爱，让回忆有了温馨，让泪水含了甜蜜，让贫瘠走向丰盈，让残缺达成美满。

度人度己——

张亚凌和她的这本书，做到了。

（周海亮，畅销书作家，中国"最受青年读者喜爱的作家"之一，《读者（原创版）》《思维与智慧》《意林》等杂志社签约作家，《半月谈》杂志社特约记者，著有长篇小说《浅婚》等近30部。）

目录
Contents

第一辑
回忆，是对往事的微笑

流泻在后院的时光	002
晒暖暖	004
温暖的麦秸	006
童年里，那条流淌着快乐的小河	008
回忆，是对往事的微笑	011
看电影	015
溢满快乐的池塘	017

别失信于自己	024
当草拔高了自己	026
把月季养成树	028
人生需要删除	030
成长中，不能错过的	031

第二辑
当草拔高了自己

活成一棵树	020
幸福成本	022

第三辑
时光深处的柔软

时光深处的柔软	034
抱抱曾经的自己	039
浪漫的母亲	042
孩子，我想留给你	045
裁剪一段时光	047
幸福的鸡蛋	049

第四辑
有一种忽略，疼得彻骨

继父 052
有一种忽略，疼得彻骨 056
星河 059
母亲的冬天 061
人生是不能轻易被注定的 064
白面馍馍 066
至少看起来干净些 069

奶奶的手推车 081
父亲的房子 084
倘若生命里不曾遇见您 087
我的师专 089

第五辑
倘若生命里不曾遇见您

母亲和树 072
有一种美丽是坚强 075
爱与感激 077
小小的善 079

第六辑
读懂一株植物

草儿，草儿 094
读懂一株植物 096
母亲的疼惜 098
孩子，你的爱美丽了我的世界 100
败给了"没意思" 102
照相 104
读树 106
怀念乡村 108

第七辑
遗失的寒冷

一个人的学校 ……………… 112
遗失的寒冷 ………………… 117
半块馒头 …………………… 121
假如我不幸失去做人的资格 … 123
谢谢你，不再爱我 ………… 125
优雅地生活是种高贵 ……… 127
有一种卑微蓄满爱 ………… 129

第八辑
记住扔你到悬崖边的人

花开，需要时间 …………… 132
记住扔你到悬崖边的人 …… 136
青春的痛，让自卑绽放成花 … 139
把日子过响亮 ……………… 142
无翅，也要飞翔 …………… 144

大师们的小可爱 …………… 147
江小鱼的幸福生活 ………… 149

第九辑
不惊扰，就是尊重

另一个"我" ………………… 154
享受梦想 …………………… 156
疼，依旧爱着 ……………… 158
不惊扰，就是尊重 ………… 161
小心，别磕碰了善良 ……… 163
迁就，是种心安 …………… 165

第十辑
母爱，是一场又一场的辜负

母爱，是一场又一场的辜负 … 168
眼睛可以失明，爱不会迷路 … 170
母亲的宝贝 ………………… 172

西瓜，西瓜·················174
播撒爱的方式·················176
藏在月饼里的幸福·················178
水果的香味·················180

第十一辑
你杀了自己的"马"吗

你杀了自己的"马"吗·················184
站得多高，才能看得多远·················185
把握住自己·················187

学会遗忘·················189
简单的幸福·················190
鞋店里的故事·················192
角度·················195

第十二辑
一块糖，能甜多少年

哪怕只有一个人·················198
最舒服的照顾·················200
端详一棵树·················202
轻幸福，小幸福·················204
谢谢你，允许我与你同行·················206
那些可爱的梦想·················208
麦子的幸福生活·················210
一块糖，能甜多少年·················212

第一辑

回忆，是对往事的微笑

不用花钱可以看半学期书？这种诱惑对我来说超过了所有老师倾泻到我身上的赞美目光。

我甚至放下自己家里的地不锄，跑到他家地里锄草。为此，没少被父母拧着耳朵训斥，可心里却如神仙般快活。

因看书而受的，都不叫委屈，心里很舒展怎会是委屈？

流泻在后院的时光

我常常忆及儿时的后院,后院是奶奶的辖区,更是我的天堂。

一进后院,先是一块不小的空地,奶奶将它打理成了菜园:中间是一畦一畦的菜,四周用长长的枯树枝围作高高的篱笆。

鲜嫩的韭菜先探头探脑的,觉得暖和了,能适应了,就伸胳膊蹬腿地舒展开了。辣子纤细的小苗儿挥舞着手臂,日渐粗壮,小辣椒就爬上了枝丫。

西红柿的苗儿最没正性,不搀扶一把就赖着不周周正正地长。奶奶常常在它们的近旁边插树枝儿边唠叨:娃娃要都像你们就糟糕了,走没走相,站没站姿。

茄子苗儿长得自有个性:宽大的叶儿随心舒展,整个身子长得无拘无束。茄子们呢,倒是憋足劲儿地长,像个没体没形的臃肿女人。不久,茄子的不可一世就被南瓜吞没了。南瓜才是真正的一发不可收拾——蓬蓬勃勃、声势浩大地推进式生长。记忆中,我家的"南瓜王"抱得年幼的我都喘不过气来。呵呵,是我年幼体弱,还是南瓜个儿大?

其实我最最喜欢的,是最里面那一畦黄花菜。看着是花,状如修长点儿的喇叭,吃起却是很软和的菜。在妈妈准备切菜前,我还会捧一把怒放的黄花踮着脚尖在她的头顶比画着玩。

蔬菜们是竭力长得漂亮，篱笆则是被奶奶打扮得漂亮。

一开春，牵牛花的绿藤恣意蔓延近乎疯狂，四季豆的藤儿也是你追我赶地迅速占领更广阔的空间和高度。这些绿啊，穿过浓夏，来到秋末，直到满园开始荒芜，沉寂，篱笆才不情不愿地脱了外衣。

过了菜园，靠近后墙的，是一排鸡舍。鸡舍旁边是一堆用来点灶火的麦秸垛。

一听到有母鸡"咯咯咯"的叫声，我就飞也似的奔向后院。准会有一只母鸡从鸡舍里钻出来，高傲地伸长脖子昂着头。我弯下腰，贴近鸡舍，侧着身子摸进去，圆圆的，暖暖的。

那时候，我最喜欢躺在草垛上，先皱着鼻子使劲地闻鸡蛋，而后用两个手指捏着鸡蛋对着太阳举起来，似乎隐隐约约地还能看到蛋黄呢！

常常忆及后院，每每那时，就沉浸在童年暖暖的时光里。

晒暖暖

    儿时的记忆里，冬天最惬意的事儿莫过于跟着姥姥晒暖暖了。

    面南的那垛墙好像天生就是为了让姥姥靠着晒暖暖的：上面是土夯的，下面离地半人高是青砖砌就，靠上去，自然不会脏了衣服。我跟姥姥坐的是玉米秸编成的厚厚的草垫子，很是软和。

    冬天的太阳挂在天上，许是前三个季节耗尽了她的热情，再也不会红彤彤地张扬了。恰好没有风。这时候，姥姥招呼一声，"凌儿，晒暖暖喽"。我就匆匆忙忙地准备起来了：不外乎捏一小撮洗衣粉放进瓶子里，倒上水，使劲搅拌，细铁丝做的带把的环儿得带上。

    姥姥坐好后，我就倒进了她的怀里。姥姥边晒暖暖边给我梳头。娘经常说我的头发像没肥力的庄稼苗，稀稀疏疏黄不拉儿。可姥姥绾来盘去，就花哨多了。

    姥姥忙活着我的头发，我呢，也没闲着，用铁丝环儿蘸着洗衣粉和成的水吹泡泡。越吹经验越丰富，连续的一串泡泡飘出来了，在太阳下飘来荡去，好看极了。

    姥姥常常边梳头边跟我闲聊。

    "泡泡哪里去了，丫头？"

    "她们找自己的姥姥梳头发去了。"我扭头冲她做个鬼脸笑呵呵地答道。

    "泡泡破了疼不疼啊，丫头？"

"泡泡不是破了，是累了，歇息去了。"我想了好一会儿，才说了这么一句，还真有点心疼呢。

"那泡泡飘得累不累啊？"

"这……这……"我挠挠头，说，"泡泡是玩，玩哪能累呀？就像我吹泡泡，从来不累。"我很得意自己的回答，扭过头看着姥姥，姥姥则满脸是笑。姥姥一笑，皱纹就爬满了脸庞。

姥姥推了我一下，说："站起来，照照去，好看不？"

我就站起来，从影子里看自己好看的头发。姥姥常说，太阳是最大的镜子，谁都可以随便照。高兴起来了，我就伸胳膊蹬腿，在太阳下蹦着跳着。姥姥乐得直拍手，一个劲儿地夸我："丫头，真是有灵性啊！"

晒暖暖时，姥姥每每打理好一种发型，就让我站起来"照镜子"。在一旁纳鞋底的娘撇嘴道："臭美。"姥姥说："美就美，美哪来臭的？女孩子就要爱美。"

我就咯咯地笑了。

有时候，我还会用树枝将姥姥晒暖暖的影子在地上勾画出来，而后冲着勾画出来的画喊着"姥姥，姥姥"。姥姥就笑了，姥姥一高兴就让我取来剪刀跟纸，旋来转去，一只笨笨的大母鸡就摇摇摆摆地出来了。再几剪刀，又溜出来一只狐狸。于是，我跟姥姥一人一只，就开始编故事了。

姥姥总是唠叨："狐狸不能赢的，狐狸是坏东西，坏东西要遭报应才对。"我就只能让笨笨的大母鸡赢。

有时候剪出的是绵羊跟狮子，我是一定要拿狮子的，威风啊。姥姥好像从来不在乎拿什么，即使绵羊到了她手里，也会变得很聪明。

今天的我，之所以热爱写作，该不会就是那时跟姥姥编故事而播下的种子？

现在呀，一不留神，儿时晒暖暖的情形就蹦了出来。每每这时候，幸福就洇成一片……

温暖的麦秸

我喜欢回忆，回忆在我，是打捞幸福的别样方式。

想想，五六岁或者七八岁，不需要大人照顾了，自己又有了小小的思想，脚下像刮着风，既可以呼啦啦地到处疯跑疯玩，又没到该懂事该帮大人分担劳作的年龄。满脑子都是自己的买卖——钻沟爬崖下河，哪里刺激哪里让大人提心吊胆哪里就是小家伙们的主战场。只有在收麦时节，小家伙们才最最安静，变得异常听话。

——温暖的麦秸，是他（她）们无法抵抗的诱惑！

在小家伙们的眼里，世界上最最神奇的莫过于麦秸了，可以变成各种各样的小玩意儿：青蛙、蝴蝶、乌龟、肥胖的羊、憨态可掬的猪、调皮的狗，带着草帽钓鱼的老头儿、拾麦穗的小丫头、好看的蛐蛐笼子……只要他们的小脑袋能想得出来，大人们一定可以用麦秸编出来。

只是一堆麦秸啊，分明又不只是一堆麦秸，而是富有灵性的麦秸小精灵！

"去——找直直的长长的麦秸回来，可不许糟蹋麦子。"

奶奶们一声令下，往日里那些没头没脑听不懂人话的小家伙立马飞奔出门。跑到打麦场，开始翻找起来。

直直的？咋样才算直直的？长长的？是不是要最最长的？那时的小家伙们分外用心，觉得只有自己找的麦秸才完全符合要求——直直的、长长的，大人们编出的才会最好看。哪怕被麦穗上的麦芒扎得很不舒服，哪怕被太阳晒得大汗淋漓，一点儿都不影响小家伙们的认真。

胳膊下夹一捆自己挑选的直直的长长的麦秸，像凯旋的英雄，又是一阵风，呼啦啦的，便站在了奶奶的面前，一脸期盼。看着奶奶将麦秸小心地去掉皮儿，泡入水缸中。

是怕麦秸寂寞，还是按捺不住满心的欢喜？小手儿一直在水缸里划拉着，划拉着。麦秸好像很喜欢水，过了一个晚上，胖了，软了，不再死倔死倔宁折勿弯。帮着奶奶把麦秸从水缸里捞出来后，小眼睛就再也不曾离开过奶奶的手。那时候，小家伙纳闷了：最最神奇的究竟是奶奶的手指还是麦秸？

后来的场面就热闹了：他（她）们相约在某一天，拿着自己最最得意地小玩意儿，看哪家的奶奶手儿更巧。你说他的猪儿太瘦，他说她的狗儿不精神，她又说你的乌龟不像样太笨……反正不是自己手里的，咋看都觉得不够好。其实心里到底是咋样想的，天知道。小孩子的小心眼儿，谁能猜得出呢？或许她表面上在挑着别人的不好，心里却羡慕得不得了。

再后来，就几个人凑在一起，举着那些麦秸的小精灵，编着种种故事，才不去理会什么逻辑什么事实。小狗可以跟青蛙手拉手，小猪可以驮着鸭子去上学，谁让你手里举着小狗、鸭子，他拿的是青蛙、小猪。

几天以后，有一根麦秸散开了，其他的就不那么尽心尽职了，就变得敷衍起来了。不久，整个就七零八散不成样子了。以麦秸为主角的舞台就拉下了帷幕。

而今，该收麦子了，镰刀却藏匿起来，任由收割机无情地绞碎麦秸，温暖的记忆不复存在。

当我的嘴角弯弯时，我知道，温暖的麦秸从未离去，只是隐藏于我的记忆深处，稍不留意，我就会被温暖淹没，甚至咯咯地笑出声来。

童年里，那条流淌着快乐的小河

我们村边是条沟，沟里有条河，叫徐家河。真得感谢徐家河，儿时的快乐离不开她的滋养。

每每到了星期天，一大早，吃饱喝足后，我们就忙活起来。有的将要洗的衣物放在一个大笼里压得瓷瓷实实，有的则塞进蛇皮袋子里，把口儿扎紧，也有孩子一手拎着装衣物的笼，一手拎着空笼，准备好了，就站在自家门口开始吆喝"下徐家河喽——"喊声此起彼伏。很快，孩子们就聚集到了一起。

而后，浩浩荡荡，直奔徐家河。

一到沟沿儿上，自然停住。下沟的路有五六里，一声"开始——"撒腿就跑。想想吧，拎着重重的笼子，背着满满的蛇皮袋子，飞快地摇摇晃晃。至于跑第几是没人在乎的，在乎的就是负重中飞奔的感觉。再想想，陡坡，放开了跑，就有开足了马力收不住闸地直接跑进了河里，引得其他人哈哈大笑。

到了河边，立马手脚利索地营造起个人的空间：

脱下鞋袜，下到河里，先找来大小石头，将自己准备洗衣服的那块水面围起来。不能太严实，得保证水顺畅流淌，只要衣服倒在里面不会随水流出去就可以了。为了确保万无一失，还得找几块圆溜点的石头压在衣服上。

　　说是洗衣物，其实就是将浸泡湿了的衣物放在大石头上用棒槌敲敲打打，至于洗得干净不干净，那就看各人的耐心及母亲的要求了，我们更感兴趣的是神侃。不看衣物，只是有一下没一下或快或慢地抡着棒槌，小嘴巴吧啦吧啦地像机关枪。谁说三个女人一台戏？三个小丫头就可以上演热热闹闹的大戏了。

　　洗好后，就晾晒在身后的草丛上。远远看去，河边很是好看：不同布料、不同颜色，一片一片。

　　好了，剩下的时间就属于我们了，恐怕这也正是我们欢呼雀跃般奔赴徐家河的真正原因吧。

　　在河里捞螃蟹的，在沟边找野果子吃的。最富有挑战性的游戏是顺着沟边的羊肠小路往下滑溜：或蹲下抱住双膝用脚来滑动，或干脆一屁股坐在坡头冲俯而下。想想吧，羊肠小径盘来绕去，惊险又刺激。

　　不过新问题又来了：次数多了，抱住双膝用脚的，鞋底就磨薄了；直接坐地上用屁股滑的，裤子就磨破了。挨打是小事，乡下孩子皮实得很，哪个不是挨打长大的？没鞋没裤子穿了，害得母亲劳累，多心疼！

　　既要玩得开开心心又得消除后顾之忧，咋办？

　　屁股下面坐个瓦片试试？

　　瓦片两边翘起，下面着地部分少，便于滑动。只是，那得多小的屁股？瘦小的可以，肥硕的就不行了。

　　再后来啊，每次去河边洗衣物，笼下就带着"玩具"：或是切割得方方正正不能用了的凉席片，或是奶奶编的圆形草垫，还有自己用柳条编的歪歪扭扭的丑家伙，反正能坐在屁股下就行。没有后顾之忧了，一个坐上去，双腿跷起，另一个在身后使劲一推，顺势而下，还多了一种飞起来的感觉！

　　自然也有很懂事的孩子，就是多带了空笼的。她们是不参与玩耍的。

　　有的在沟边爬上爬下地捡拾羊屎蛋蛋，可别笑，就是满脸欢喜地用手一粒一粒地捡起来放进笼里。那时化肥什么的都很稀缺，地里基本上都是施农家肥，捡拾羊屎蛋蛋是很普遍的事。活儿不重，又耗时间，自然多是我们小孩子。

　　有的挖野菜。那时粮食少，也多是杂粮充饥，自然少不了野菜。荠荠菜、灰菜、马齿苋、野蒜、婆婆丁……凡是能吃的，都会挖回家。在开水里一焯，可以做成凉菜；切碎后加点儿面，再拌点儿盐、花椒，锅里一蒸，就成了好吃的菜疙瘩；可以做野菜馅儿的包子吃，我们才不会理会包子皮儿是什么面做的；还可以烙菜饼吃，做菜面吃……也只是野菜，聪慧的母亲们却能做出种种吃法。

　　有的挖中药，挖的中药晒干后拿到镇上的中药铺子卖。别小看穷山沟，值钱的东西可不少：最多的是远志，还有麻黄、地骨皮、柴胡、黄芩，等等。卖的钱大部分交给母亲补贴家用，自己只留点儿买学习用具的钱。

　　日落西山了，玩得差不多了，也饿了，就开始收拾晾晒的衣物准备回家。

　　回去是五六里的上坡路，加之又累又饿，就显得松松垮垮，前前后后拉开了很远。你呻吟着"腿好疼"，她叫喊着"累死了"，以至于我赖皮般扯着你的笼，她又拽着我的衣角，一拉一串，俨然是残兵败将溃不成军。不过疲惫的脸上，依旧是无法躲藏的欢喜。

　　下雪了，结冰了，徐家河更热闹了——天然的溜冰场。

　　童年里所有的快乐，都与徐家河有关，那些快乐啊，似乎也奔流成一条会唱歌的河。

回忆，是对往事的微笑

　　三十三年前，那时我 12 岁。开学就要去镇里上初中了，我整整兴奋了一个暑假，好几次在梦里都乐出声来。镇子很大，有长长的四条街道，比我们村子阔气多了。我们村距离镇上不到二十里，得翻两架沟。

　　背着铺盖赶到镇上的学校时，我才知道了问题的严峻：

　　学校没有初一学生的宿舍，要求我们必须借宿在镇上或镇周围的亲戚家里。家距离学校五六里的，就住在自己家里，早起赶到学校，下了晚自习再披星戴月地赶回家。有几个同学跟我一样，家距离学校比较远，别说镇上，就连在镇周围五六里范围内也没有一家亲戚，班主任就动员家在镇上的同学收留我们在他们家借宿。

　　我被安排借宿在一个姓王的同学家里，初中生活就这样在一开始就遇到困难中拉开了序幕。

　　学校食堂对学生只卖五分钱一份的菜，多是不见油星星的水煮红白萝卜片，偶尔也有白菜炒粉条。我们将从家里带来的红薯或玉米糕先放在塑料网兜里，而后将网兜放进很大很大的蒸笼里，在大锅里馏热后吃。馏热自带的干粮是免费的，同时还提供白开水。

只有一口大铁锅，要喝到开水得排队。负责纪律的老师一般不会坚持到底，老师一走，同学们就一窝蜂似的往前挤。记忆里，即便大冬天我也没喝过热乎乎的开水，一波一波的拥挤过后，轮到我时，就剩下锅底泛着沉渣的接近凉水的开过的水了。我只有转身离开，从旁边储存凉水的大水缸里舀一洋瓷缸子凉水凑合着喝。如今我的胃似乎很好，我坚信，是曾经的磨砺起了作用，它从来没被娇惯过。

学校门口有家饭店，只卖踅面，一碗一毛二，有不少同学每周都会去改善一次。卖踅面的是个常年清鼻涕奔流的老汉，土灰色的衣服，衣袖处更惹眼。他们才不在乎老汉邋遢的形象，吃得夸张，吞咽时吧唧作响。说真的，我也眼馋过，不过强忍馋劲以"老汉不讲卫生"说服了自己，并对那些买踅面吃的同学嗤之以鼻。如今想来，原来阿Q精神真的是周老先生从每个国人身上提炼出来的。

每周去学校前母亲都给我一点儿伙食费，多则四毛，少则两毛，让我买菜吃。每次我都会央求母亲再给我装满满的一罐头瓶子葱花辣子。罐头瓶是从大姨家讨来的，没瓶盖，装满辣子后，就用塑料纸蒙住，而后在瓶颈处用绳子扎得严严实实的。

一次周日下午，感觉时间已经不早了害怕上学迟到，我背起刚出锅的热乎乎的馍馍一路飞奔。六点钟上第一节晚自习，我可不愿意因为迟到而被罚站在教室外面。

在距离学校四五里的一个村口，突然跑出来一只狗，打小怕狗的我，又紧张得跑了起来。它狂吠着追赶起我，我吓蒙了，跑得更快了，以致一只鞋都跑掉了。感觉到身后没有狗追了，虚脱般直接就跌坐在了地上。得跑回去找鞋子，赶到学校时发现罐头瓶上的塑料纸被馍馍撞击破了，葱花辣子洒了一布兜，馍上、书上、作业本上，竟然渗过布兜还印在了我的后背上。狼狈成那样，还是迟到了，要多沮丧有多沮丧。直到今天，我还能听得见那声极为懊恼的长叹。

之所以让母亲每次都给我带一罐头瓶葱花辣子，是因为我从来不会买菜吃。相对于吃得舒服，我更愿意心里滋润。

有个家在镇上的仁兄，上课从不听讲，不是睡觉就是说小话，却有着极精明的商业头脑：每天来学校都会带几本小说问同学们谁想租书看，一本一天二分钱。二分钱几乎是半份菜啊，我的伙食费没有流向食堂，全流向了他的口袋。时间长了，三本五分成交。他家怎么会有那么多书，他怎么只想到用书赚钱而自己不看？这些，我一直都没想明白，直想得我嫉妒喷涌眼睛发绿。

期中考试前，那位仁兄找我说，你做完后把答案传给我，我不要钱叫你看半学期书。

不用花钱可以看半学期书？这种诱惑对我来说超过了所有老师倾泻到我身上的赞美的目光。在老师们眼里，学习极好的我一向很诚实，似乎找不出任何缺点，是最值得他们信任的好学生。可这一切，都抵不过书的诱惑。我卑劣地利用了所有老师对我的信任，借口钢笔不好使一次只能吸一点儿墨水，每次都是在到讲桌前吸墨水的途中悄无声息地完成了答案的传递过程。殊不知，这件很隐秘的事终究被一个人看到了，就是我寄宿他家的王姓同学。他觉得我白住在他家竟然不给他传答案，实在可恶，就将我的铺盖直接扔在了他家门口的柴垛上。

没有了住宿的地方，我欲哭无泪。

租书给我的那个仁兄得知后，倒是很热情地邀请我去他家住，被我拒绝了：我需要他的书以解精神的饥渴，可又不屑于跟一个只把书当赚钱工具的人做朋友。班主任知晓了事情的原委后批评了我，而后将我安排进了一个初二年级学生的宿舍里。

放假回到村里，受的气还是与书有关，气过之后倒是说不出地舒展。

村里有个跟我同龄的孩子，不知为何家里藏书颇多，让我艳羡不已。不过，那家伙很懒。起初他对我说，你给我割一笼猪草我让你看一本书。不要钱，只需要一点儿劳动就可以看到书，我觉得这是天大的便宜——比考试作弊踏实多了，就爽快地答应了。

伙伴们都不能理解，我一到地里割起草来特别带劲，给他的那笼压得瓷瓷实实的，而我自己的那笼蓬蓬松松，一路上左右开弓拎两笼草还乐得屁颠屁颠，直送到他家门口。再后来，我甚至放下自己家里的地不锄跑到他家地里锄草。为此，没少被父母拎着耳朵训斥，可心里却如神仙般快活。

我的劳动带来的实惠就是可以到他家随便挑书看，还没时间限制。如此想来何曾受过半点委屈？因看书而受的，都不叫委屈，心里很舒展怎会是委屈？

假期里，我会一个人躲在犄角旮旯里静静地看半天书，看得眼睛发酸了，眯一会儿，接着看。直到今天，我依旧觉得没人打扰静心看书，是最愉悦的享受。

常常想起我的初中生活，想起时，嘴角就弯成下弦月——回忆，是对往事的微笑！

看电影

　　四十年前，那时候的关中农村放场电影，不亚于过年般欢喜。

　　提前好些天，大人们就通过各种途径将这一消息传递给了七里八乡远远近近的亲戚们。最最高兴的自然是我们小孩子了，期盼乃至兴奋的心情应该从多天前就开始聚集，发酵，扩散，以致到了那一天干啥都神不守舍，所有的心思浓缩为眼巴巴地期盼着天黑。

　　那天是绝对不吃晚饭的。全村的孩子们，都扛着、架着、端着板凳椅子冲向大队部前面的那块空地——放电影的地方，自然是争着往中间往前面占地儿。也有厚着脸皮加塞的，为了捍卫自己的既得利益，彼此的口水战是免不了的，可以不歇气不倒茬直骂至祖宗八代。

　　放眼瞅去，尽是密密麻麻的凳子，宽的窄的，长的短的，凳子间点缀着叽叽喳喳吵吵闹闹的孩子们。

　　银幕挂起来了，灯光打亮了。

　　猴精般的孩子们似乎一下子被激活成超级形态了。小个子一跃而起站上凳子，大个子也站了起来，对着银幕用手指做着各种造型。先是汪汪叫的小狗，撒腿跑的兔子，悄然绽开的花……不久就组合了,"猫捉老鼠""狗熊爬树"……很是热闹,如微型电影般惹得观众大笑不已。

电影马上要放映了。

想想,黑压压的一片,谁能一下子找到自家的孩子?于是乎,高潮来了。孩子们用手做喇叭状扯着嗓子大呼小叫起来:

"妈——我在这儿,在这里。""快点,快点!这儿,这儿!"……

你呼我喊的声音此起彼伏,像口沸腾的大锅。

眼看着电影要开始了,那些没等到自己家人的孩子,就很委屈地抽抽搭搭,转来扭去,自然不能专心看电影。甚至边看边骂,不知是骂电影里不合自己心意的情节,还是骂自己心里的疙瘩。

有时,大家都等到十一二点接近后半夜了,传来消息,说放映员从十几里外的村子赶不过来了,挪到明晚。

大家伙情绪很大,散去的极慢,都骂骂咧咧,似乎要让每一个骂出去的字都落在地上,生根发芽长出荆棘!就是那会儿,我觉得世界上最最了不起的人就是放映员,他可以让所有人高兴得如同上了天堂,或是悲哀得像下了地狱,于是我在作文中写下自己的理想就是做威风十足的放映员。

我们也去别的村子看电影。成群结伙浩浩荡荡,七八里路跑着喊着,并不觉得路远。半路上挖一窝红薯,啃得满口流汁。偷个西瓜一拳下去,一人一块直接用手指抠着吃。

去别的村子不可能带板凳的,看不见咋办?骑上墙头,架在树杈,站上砖堆,只要能使自己比别人高,都尝试过。只是有时候太远了,不大能看清,只好"听电影"了。

曾记得半年时间,我们去过七个村子看电影,也只是看了七遍《地道战》,以至于开始在沟边挖地道玩。

如今想来,看什么电影似乎并不重要,重要的是看电影本身带给我们的激情。

溢满快乐的池塘

我的故乡是个不大的村庄，镶嵌在西高东低的坡地中。向西，有七十二道拱起的缓坡；向东，一路缓缓而下。村子中间有个很大的池塘，它是雨季从西面七十二道拱坡上奔流而下的雨水的缓冲处。池塘无法全部容纳，或是想到下面的村庄也需要水，就慷慨地放行一部分。

那个池塘，从夏到冬，由水至冰，都溢满了我的快乐。

沿池塘边跑一圈，在年幼的我，得气喘吁吁跑很长时间。池塘半腰处，有一些很粗大的柳树，奇怪的是，这些柳树都是斜着伸向池塘的水面。男孩子在池塘里游泳戏水，胆大的女孩子就坐在柳树上。柳枝儿编个帽子，柳条儿还可以抽打水中看不顺眼的野小子。说真的，迄今为止，我再也没有见过那么善解人意的树们了。

池塘里有什么？小的有蝌蚪，大的有青蛙。说穿了，只有青蛙。男孩子一捉青蛙，就会被大人们训斥"造孽"，而后反反复复地告知他们青蛙是益虫，眼看着他们再把青蛙放回去。

可在那个总也填不饱肚子的年月，很多道理都显得很苍白。偷偷捉了几只青蛙，飞速逃离池塘边。找个没人的地方，架起火，不一会儿就烤熟了。其实在开烤之前，已经"阿弥陀佛"了。当然了，青蛙直接填饱孩子们的肚子，比起捉害虫间接带来些许丰收，也算奉献得更彻底吧。

上学了，夏天来了，加午休了。学校老师检查的重点自然就落在了池塘上。尽管如此，依旧有管不住自己欲望的傻小子铤而走险，为了一时快活而被老师惩罚。

更多的时候，男孩子站成一排，一人捏个瓦片，擦着水面飞出，瓦片碰水面弹起，继续向前飞，再碰水面再次弹起，继续向前飞出……如此反复多次，直至瓦片落入水中。谁的瓦片弹起的次数最多就是胜出者。这种游戏俗称"打水漂"，既要讲究力道，还要选好角度。用今天的话说，技术含量较高。

每每男孩们比赛时，女孩们立马就分成几派，各自站在看好的人旁边，比男孩子还殷勤，手已举成欲拍状，喝彩似乎呼之欲出。结果不用猜也知道，有人手拍得通红，更多的则是长叹一声耷拉下脑袋。

冬天的池塘结了冰，更是好玩。

有人找来一块破席，也不管是否干净，直接就坐在上面，而后像煞有介事地双手合十，让别人拉着在冰上跑，看起来特牛。有人从家里偷偷拿着铁簸箕跑过来了。当然不敢明目张胆地拿，大人们对家里的物物件件都很上心，一只碗残缺了都得补了再用，一个簸箕不用十多年哪肯罢休？抱着双脚蹲在簸箕中，后面的小伙伴一脚踢过去，"哧溜——"簸箕就滑出去老远。还有带了铁锹的，同样是双脚站在锹头上，身子蹲下，双手紧紧握着锹把，别的伙伴使劲转一下锹把，"哗啦啦"能转好些圈呢，有种眩晕的感觉。

有突发奇想在冰上赛跑的，欲速则不达，人仰马翻，不亦乐乎。更有甚者，拎起裤管在冰上斗鸡，是被斗倒的还是滑倒的，恐怕只有老天爷知道真相了。只有大人们想不到的，没有孩子们玩不出的。似乎任何时候，池塘上都荡漾着孩子们的欢声笑语。

每每想起故乡，想起童年，第一个浮出脑海的，就是那溢满了我的快乐的池塘。

第二辑

当草拔高了自己

蒲公英拔高了自己,比月季还惹眼。霍金与约翰·库提斯也是,残疾到让人不忍心看,似乎看一眼都是更大的残忍。然而,他们将自己拔高到让世人瞩目!

突然记起,竹子就是一种草,将自己拔高到超过普通树的草。既然落地就是一株草,就努力拔高自己吧。

活成一棵树

　　不管行至何处，我第一眼捕捉的，总是树。即便站在长城之上，竭力去感受的，也是垛口外数百成千年密密丛生的树的恢宏阵势。

　　在地坛，我的目光贪婪地缠绕着亲吻着那一棵棵布满沧桑的树，只是遗憾不能跨过栏杆将它们逐一紧紧拥抱！遇上那些粗大到树心干枯成洞穴样的树，我甚至想将自己整个人儿塞进那空洞处，化作树的一部分。

　　——我就是如此不能自已地疼爱那一棵棵有幸相逢的树。

　　活成一棵树多好，数十年成百年近千年地静默着，挺立着。风吹，日晒，雨淋，霜欺，雪压，它是忍受，更是享受。年年绽翠，年年凋零。看风云变幻，看朝代更替，看悲欢离合，树已阅尽人世悲苦。阅尽人世悲苦却依旧在红尘中独歌，独舞，不曾悲观不曾绝望更不曾心碎到腐朽化作尘埃！

　　树看着世事变迁，却不曾黯淡自己的心情，它们如若是女子，也定是出淤泥而不染的莲花女子！

　　没有青色或白色的树皮，直接就是赤裸裸的树身，且是爆裂到狰狞恐怖的树身。似乎每一道裂痕都在诉说着存活的不易，似乎每一道裂痕里都流淌着沉重的往事。然而观其树冠，旧绿新绿，都骄傲地摇曳着，每一片叶子都绚丽成花的精灵。

树历尽沧桑，却依旧洋溢着对生命的渴望，如若是男儿，也定是不为浮尘所动的磐石男子！

阅树无数，我没有看见一棵树是苟活着的。

如果有来生，我想活成一棵树，世间纷扰，他人荣光，自己寂寞，从不放在心上。放在心上的，只有成长，粗大，给需要的人以荫庇。

活成一棵树，即使满心悲恸，也不影响吐绿绽翠，也不会停止生长。斧头砍过刀剑伤过，只会更加坚硬，每一次受伤，都是一次钙化和提升。

活成一棵树，一部分忍受阴冷黑暗以此汲取营养壮大自己，一部分在阳光中舞动来表达自己对世界的感恩！

活成一棵树，那该是多么美好的事情！

幸福成本

突然发现，幸福定律是：成本越大，幸福含量越少。

有大量的事实可以佐证。

儿时，跑七八里路去小镇陪母亲卖鸡蛋，一路上还殷勤地帮母亲小心翼翼地拎着篮子，就是为了缠着母亲喝五分钱一碗的醪糟。去时连蹦带跳，回来兴高采烈。那种幸福的感觉，会弥漫在以后的很多天里。以至于三十多年后的今天，回味起来，我还会情不自禁地舔嘴唇，似乎那酸甜味儿还在发酵。

也忘不了很多年前，随父亲去四十多里外的县城办事，东奔西跑的整整一天。父亲问："你能走回去不？"我疑惑地看着他。父亲说："你能走回去，省下的车钱你就可以自由支配了。"我高兴地使劲点着头，并保证绝对能走回去。

于是，我拥有了五毛钱。五毛钱哪，我觉得自己简直成了世界上最富有的人！

记得当时我买了两本小人儿书，买了一根甘蔗，剩下的钱牢牢地攥在手心里，死活都舍不得花了，就开始跟着父亲往回走。我和父亲用那根甘蔗抬着一个鼓鼓囊囊的大袋子，一路上走走歇歇。歇下来时，我就坐在路边翻几页小人儿书，自己读，而后给父亲讲。很渴很渴了，想吃甘蔗，可想到还得用甘蔗抬袋子，就忍着。

走走，歇歇，到家已是晚上八点多。一到家，父亲说现在能吃你的甘蔗了。我却冲进厨房舀了一瓢凉水喝。甘蔗呢，倒舍不得吃了。

五毛钱的诱惑，几十里路也不在话下，流着汗却甜蜜异常！

高中时，不吃早点攒了很长时间，买了一套《平凡的世界》，就放在枕边。千军万马过独木桥般的高考，天天都是熬夜，复习到晚上一点以后是常有的事。尽管那样辛苦，睡前，也必须翻几页《平凡的世界》。

真的很感谢《平凡的世界》，它让我的高中生活充满了甜美的回忆。

而今，大到房、车，小到钻戒、项链，数钱那一刻似乎有点感觉，咱毕竟不是大款富婆，挣钱的不易还是忘不了的。可拥有了，却没多少兴奋：房想倒腾更大的，车想换成更好的——心不安稳，便稀释了拥有时的欢喜。

而那次，当我站在布达拉宫前，觉得自己伸手就可以捧朵云彩时，再一次有了儿时那浓郁得化不开的幸福感。远离尘俗，无声无息地融入大自然，心里无欲无求，就是莫大的幸福。

我真的无法说清幸福成本，可有一点是千真万确的，就是心的单纯与洁净关乎幸福的感觉。

别失信于自己

你一拍胸脯道，我这个人，说出的话是板上钉钉，一个唾沫一个坑。你说时眉头一挑，似在向我们求证。大伙都嘻哈着附和，说你这人，没的说，杠杠的。

我看着你，心里在笑："其实啊，你说出的话未必是板上钉钉，许多唾沫还没掉在地上就风干了。"

记得你曾重重地拍着我的肩膀说："叫老哥给你说，这一周，就是天塌下来我都不管，必须回去看看老妈——老妈七老八十了，真的是有今儿没明儿了。"

你说时嗓门很大，看着老家的方向，好像是隔着一百多里给老家的母亲下保证。

周一我问你回家的感觉时，你却一摆手道："甭提了，事多得很，根本抽不出时间！"你说话的语气里还带着焦躁，似乎还没有从杂乱的事务中抽身出来。

——失信于自己，能说你说话板上钉钉？

记得你说："我太想吃小时候的剪刀面了，城东有家，做得特正宗，有点像我妈做的味儿。今天下班后一定过去享受享受。"

你说时舔着嘴唇，似乎那剪刀面就在你嘴边，垂涎三尺地想。

第二天我问你："找到儿时的感觉了？"你竟一脸茫然，问我啥意思，在我的提醒下你才想了起来。你显得很随意，说："就那么随口一说，哪有闲工夫娇惯自家？"

——失信于自己，能说你为人"杠杠的"？

其实，你常常以种种理由失信于自己。那些所谓的目标、追求、理想，给你带来了许多应酬，让你忙得晕头转向，忙得忘了自己也是需要安顿的肉体凡身，忘了自己身后有至亲至爱的人儿望眼欲穿地盼着与你团聚。

一直记得我们一起出门游玩的那次。你发现手机快没电了，就烦躁异常，就想马上回去。那是个周末啊，出发前你还信誓旦旦，说"要把自己彻彻底底交给自己"。为了让你安心，我将你的手机卡安在了我那电池满满的手机上。

——你何曾对自己守信过，哪怕一点小小的承诺？

你经常疲惫不堪，疲惫不堪还强挂笑容，还要表现得幸福满满洒脱万分。你呀，真不知道该怎么说你好？

看一次年迈的老母亲，睡一个自然醒的踏实觉，吃一次怀旧的饭，在你，都变得那么奢侈。只是因为那个承诺是给自己的，就不需要恪守吗？

不求你说出话的是板上钉钉、一个唾沫一个坑，只愿你别忘了给自己的承诺，别失信于自己！

当草拔高了自己

路过深秋的花园,几乎是一片死寂,唯有满园的月季在苦苦挣扎,似乎勉强成为"花园"的标志。

突然看见,园中挺立着一株我从未见过的花:

高过旁边的月季尺许,满枝头白茸茸的球状花朵与月季那仿佛受过伤害的暗红色形成极大的反差。白绒球还骄傲地摇摆着,宛如在诉说着自己的不凡。

什么花?疑惑与好奇怂恿着我拨开冬青,小心进入园的深处:

——蒲公英,原来是一株拔高了自己的蒲公英!那倒披针状并羽状分裂的叶子,似乎也在诉说着自己在拔高过程中所付出的艰辛。

旁边那几株月季,我平视便可尽收眼底,然而这株蒲公英呢,则需要我退后、仰视,方能看清。

拔高自己,攀上一个高度,才有可能傲然挺立。当草拔高了自己,杂草亦可成花!

不仅仅草如此,任何物件,也只有在提升了自己后才能显示出真正的价值。

一把砂壶,雕龙刻凤,承受了岁月的沧桑,小心地保全了自己。只因其见证了盛唐生辉的日月，历经了元的所向披靡，也苦熬过了清的日渐衰败直至腐朽，于是，它就成了"古董"。

一定是在它刚来到尘世时，是同成车成车的兄弟姐妹涌进长安城的。只是它，在时间的打磨里，成了最幸运的。

草是卑微的，砂壶是普通的，可它们疼惜自己，提升自己，也就成就了自己。万物之灵长的人呢？自然也不例外。

霍金，一想到他就会想到"疾病""轮椅""被固定"这些残忍的词语，而就是这样一个人，写出了《时间简史》，也正是这个几乎不能动的人，在为我们正常人讲述着宇宙的奥妙。霍金，上帝残忍地和他开了个很不厚道的玩笑，他的努力却使得上帝尴尬异常——人定胜天并不是一个传说！

约翰·库提斯，据说出生的时候只有可乐罐那么大，腿是畸形的，后来还被切除了，肛门也没有，又患癌症，从小受尽歧视和折磨。他只能依靠双手行走，却成为运动健将；他只能算"半个人"，却是世界上最著名的激励大师，在一百九十多个国家，用自己的亲身经历，激励过二百多万人。

不是吗，蒲公英拔高了自己比月季还惹眼。霍金与约翰·库提斯也是，残疾到让人不忍心看，似乎看一眼都是更大的残忍。然而，他们将自己拔高到让世人瞩目！

突然记起，竹子就是一种草，将自己拔高到超过普通树的草。既然落地就是一株草，就努力拔高自己吧。

把月季养成树

进了朋友的院子，一抬头：

院子中间有一棵树，挂满了圆圆的红果子，似乎没有主干，从地面一露出就分了好几根很粗的枝干，直长到接近二楼的顶部。

啥树？没见过，还真没见过。我忙问朋友。

"不是树。"朋友一脸淡定。

呵——我感觉到了她淡定里掩藏着的骄傲。我轻轻捶了她一下道，不是树？难不成你把草养成了树？

朋友笑着点点头说："草本植物，月季。"

我捂着嘴笑得直不起腰。我说："你真会开玩笑，说你胖你还就喘上了呀。你说你把月季养成了树，还那么高大？真逗啊！"

朋友说："不信？你自己过去看看。"

走近，细看，——月季，的确是月季。手腕粗的枝干，长到二楼高。那些所谓的红果子是月季花落后留下的花柄。

我又慨叹道："这月季，太高了，高到和你已经没有关系了。你总不至于为了看花高昂着头吧？即便你愿意那样，看到的也是花的下面，并不美丽啊。你把它好好修剪，让它长得低矮壮实，覆盖住大半个院子，那才叫阔气呢！"

话说到这里，我便有些遗憾，为朋友养了那么高大却一点儿都不实用的月季。

朋友却一脸满足，而且兴致很高地和我说起月季来。

她说："要是只在院子里，只有我们能看见，多没意思。你知道吗，我们家这月季可是招牌——我们这条巷子的招牌。这条巷子七拐八绕的不好找。不过，现在巷子里的人在月季花开时都会这么说：'你远远地瞅见一棵大花树，迎着它走，就到我们巷子了。'"

朋友又说："我家是巷子口第一家，月季花开，这一片都能闻到香味儿。连走路的人都停下来惊奇地看——或许大伙还真没见过这么高大的月季呢。"

朋友说时满脸骄傲。她又问我道："你见过谁把花养成了树？你见过哪株花树能作为一条巷子的招牌？自个儿心里没她了，她才会那么高大。自个儿的院子不约束她了，她才成了整个巷子的……"

朋友的话让我心里一下子豁亮起来：

——把月季养成树，养的是心情，养的是胸怀！

人生需要删除

你一时糊涂，无意间伤害了朋友，因愧疚而不能原谅自己，在自责中你不停地向朋友道歉。殊不知，你的每一次道歉只是唤醒了朋友对伤害的记忆，你的每一次道歉只是加深对他的伤害。

有时不原谅自己，就是不愿意收回伤害别人的利剑。删除这段记忆吧，遗忘是医治伤痛的良药。

你原本善良，施人援手是你本性的流露，就像花开，好似雨落，自然而温润。

你更得学会删除，忘记你付出的好，才能以对等的心去面对曾经关注、帮助过的人。做不到遗忘，你就会被自己的记忆高高地架起来。高高在上了，自然是俯视；一旦俯视，便没有了平等；缺了平等，自然就多了距离。

你是优秀的，众人美誉如潮，就像花美人爱，如同月圆人喜。

你更得学会删除，否则，曾经的成绩或美誉会晃花了你的眼睛，让你模糊了自己前行的方向。删除曾经的，每天才会是全新的自己，才能轻装前行。

人生必须学会牢记，牢记别人对你的好，牢记你得想着照顾别人。

可人生，更得学会删除。

成长中，不能错过的

"葵花！"你一脸欢喜地奔了过去，"妈——，真的是葵花！"你转身喊着我。

是的，的确是你只有在书本上或电视画面上才能看到的鲜活的葵花。只是，零零散散地点缀在几近荒芜的地里。最大的花盘，也只有妈妈的拳头大，其他的，还只是蜷缩在一起没来得及绽开。

笃行，我的孩子，今天，我们回老家给故去的长辈"送寒衣"，你才看到了这些葵花。其实在8月，我们一起上街，遇到一位乡下大妈拉着一架子车葵花盘兜售，三块钱一个，你还把它举过头顶说像伞。也就是说，地里这些葵花的兄弟姐妹已经在三个月前完成了自己的开花、结实、奉献的一生。而你眼前这颗最大的葵花盘，拨去虚弱的花，下面尚未结实——它已经错过了成长的关键时刻，它生命的终点就只能定格成这般模样。

孩子，人类和万物的成长，就像眼前的这些葵花一样，某些重要的阶段不能错过。你的成长，也是如此。

你不能错过忍受孤独。一个人只有能忍受孤独，习惯与孤独为伴，才可能使孤独增值。一个人独处的时间总是很多，倘若害怕孤独，就会为了逃避孤独、追求热闹而将自己的时间交给别人来挥霍，或是干脆以其他无聊的事将时间填充。事实上，一个人想要真正认识自己、提升自己，沉静地反思是必由之路，而沉静地反思就是孤独的一种形式。

我的孩子，你是一定不能错过与孤独为伴的。

你不能错过接受来自他人的伤害。一个人只有在伤害别人，或者被别人伤害后，才能更快地明辨是非走向成熟。

人与人的交往不能被量化，所以是微妙的，而流言蜚语甚至眼神，都可能给彼此造成伤害。伤害了别人，你会在反省中接近良善；被别人伤害，你也会在愈合中调整自己的思维——没有历经伤害，才真正脆弱不堪。

我的孩子，你是绝对不能错过触摸伤害的。

你不能错过经历挫折。一个人在挫折中才可以钙化双臂，在随时都可能出现的异常情况中搏击。

长期生长在风调雨顺中的树木，木质疏松不说，连根也扎不深，而狂风骤雨，却可以让它们坚挺。你的成长和树木是一样的。太平顺了，你就会麻痹，会错误地认为生活本身就是随心所欲的游戏。

我的孩子，你同样万万不能错过与挫折打拼以强健自己的心智。

孩子，成长中，有许多是你不能错过的，就像眼前的葵花，有时候错过，就意味着永远的失去。

第三辑

时光深处的柔软

偶尔回首,总是忍俊不禁。身后,是一片柔软的时光,时光深处的自己,让今天的我也怜惜不已。

我是最不喜欢回首往事的——怕自己深陷甜蜜而忘了赶路。

时光深处的柔软

偶尔回首，总是忍俊不禁。身后，是一片柔软的时光，时光深处的自己，让今天的我也怜惜不已。

画梦想

我一直觉得自己有绘画的天赋，儿时乃至少年，凡在心头闪过的，就想画，也敢画，也能画出来。

四十年前的关中农村，偶尔会看见戴着手表的大人，戴块表绝对是身份和地位的象征。还上学前班的我艳羡得很，就在自己的手腕上画起手表来，还两只手腕都画，画得还挺像那么一回事，以至于小伙伴们都拥挤到我的跟前，央求我给她们挨个画。

上小学了，衣袖上不是每个人都可以别个"一道杠""二道杠""三道杠"的，那是老师推荐又经全班同学选举的很优秀的学生。看着她们挥舞着别着"杠"的胳膊，满脸神气，羡慕得我心里直痒痒。于是就偷偷地给自己胳膊上（而不是衣袖上）也画了："一道杠"有点小，"三道杠"配不上吧，就画了"二道杠"。除了我自己，没人看得见。我心里一直惦记着自己画上的"二道杠"，很是心虚，

也就悄悄地像"二道杠"那样去要求自己。就在那个学期末，因为我表现优秀，衣袖上真的别上了"二道杠"。

是不是长久地把自己假想成什么，做着做着，就疏远了真实的自己而进入了假想中的状态？直到有一天翻阅《资治通鉴》看到了一句话，"作之不止，乃成君子"，我会意地笑了。记得那时连过年走亲戚，我都别着"二道杠"呢。

我还画过什么？

我还画过一盘红烧肉，画得我直流口水，就像真的享用了般酣畅；我还画过一条绿裙子，画得我脸颊绯红，好像已经穿上了它在舞台上翩翩起舞；我还画过不骂不打孩子的老师，她正轻抚着我的头，我挂泪的脸上绽开了朵花……我画过的似乎很多很多，画着画着，我的心就舒畅起来，我的嘴角也弯成了下弦月，我心里的疙瘩也就解开了。

感谢信手涂鸦的那些日子，丰富了我的情感，使我走过了很多坎坷，也让我接近了优秀的自己。

看电视

在村里有了那么两三台电视以后，我家也有了一台，14英寸，黑白的，是城里大姨家退休的。

一直让我不好意思提起的，是这台电视印证了我的智商实在太低，每每被哥哥姐姐们提起，我就羞得恨不得钻进地缝。那时电视正精彩，我想上厕所，可又怕耽搁了情节，实在憋不住了，就闹着要关了电视等我回来再打开。哥哥姐姐们实在拿我没办法，就依了我。于是我亲手关了电视，飞快去方便。回来后打开，已跟原来的情节没有了任何联系。我自己竟然大哭，觉得哥哥姐姐们一定骗了我，他们肯定悄悄打开过。

美中不足的是这台电视到我家半年后，屏幕上总会飘雪花。

往往正播放到精彩处，雪花就飘舞起来，得在机身上拍打拍打，就又正常了。为了免去来回跑耽搁时间，我直接端了凳子，贴着电视坐，边看边拍，以为那样就可以不受影响持续地看。结果呢，雪花持续飘舞，连一点儿画面也没有了，等清晰了，情节已经完全变了。

于是就边看边想象边猜测，我们兄妹几个想象出来的总有差别，争得脸红脖子粗，谁也不服谁。如今想来，真得感谢那台总飘雪花的黑白电视，它极大地丰富了我们的想象力，我们兄妹才都擅长写作。

读闲书

初中生活是在距离家十多里外的镇上度过的，自然连飘雪花的电视也不能看了。在孩子们的成长中，快乐从来不会缺席，没有了电视那形象直观的画面刺激，我就将热情移转到了书籍上。

镇上有好几家租书的店铺，我发现自己唯一不能拒绝的诱惑就是书，面对它，我没有一点儿免疫力，迎着它就直接心甘情愿地倒下。

租书是按天来计算的，我得赶时间尽快看完。恰恰是我上了初中后母亲才开始监管我的学习，她第一个抓的就是剔除杂书对我的影响。我一直坚信，绝境出智慧，为了顺畅地读书，开始了跟母亲曲折的明争暗斗。

打着手电筒在被窝里看书，时间久了，我觉得这是一种最不好的方式：利己损家，哪有那么多的钱买电池？我是在家里急需手电筒照明而我已经把电池用完了搞得父亲狼狈不堪时对自己这种极端自私自利的行径幡然悔悟的，从此弃之不用。

去地里割猪草时，怀里偷偷揣着书。来到地头，笼抛在一边，席地而坐，看得有滋有味。时间差不多了，赶紧割些猪草往回赶，才不理会哪些猪喜欢吃哪些猪不爱吃，还弄得蓬蓬松松。有时贪心得厉害看得久了，时间来不及了，割的草太少了，笼下面就得撑几根小棒棒。一进家门，直冲猪圈，立马倒进去。母亲赶来时，我总说："看，猪饿极了，吃得多快！"如今忆起，为了自己心里的滋润，真是缺德带冒烟呀，苦了饿得嗷嗷叫的猪们。

因为书少，可选择的余地不大，我几乎是见小说就租。《三侠五义》《塞外奇侠传》《七剑下天山》《侠骨丹心》《白发魔女传》《冰河洗剑录》《陆小凤传奇》《天涯明月刀》《楚留香传奇》……生生地把一个女孩子看成了挥拳舞脚义薄云天的野小子。看来，读书得有选择，因为读书真的可以怡情。

做家务

冬天快到了，简单的泥煤坯，复杂的打蜂窝煤，大人都放手让我们来做。临近冬天，白天变短了，有想看的书，还想做其他事，就心生邪念：

我故意把蜂窝煤打不好，边打坏边喊着"我咋这么笨，啥都做不好"，就是想让大人看着不顺眼把我打发掉。可是父亲却笑着走过来，还说着"我娃不笨，学学就会了"。父亲反复做示范，又手把手教我，以至于我都不好意思再装傻充笨了。

泥煤坯，我也不乐意，故意泥不平整，心想你们大不了打我一巴掌让我滚，正巴不得呢。可谁知母亲很宽容，她说："没事，啥样子放进炉子里都烧成灰渣渣，弄完就行了。"

天哪，遇到那么宽容的父母，我真的没辙了。再心急、再不情不愿，也只有继续帮忙干活儿了。

其实小时候的我一直很懒散，除了对自己认定的事（学习、看闲书）不罢不休外，其他事多是不情不愿。

别的同龄女孩都跟着母亲或姐姐们学绣花，学纳鞋垫，学纺线，甚至坐在织布机前，而我连那念头也没有。母亲看着心急，就拉着扯着要给我教针线活儿。被我断然拒绝后，她很无奈，说："你再有上天的本事，也得吃饭，跟我学做饭。"

在厨房里，我粗胳膊笨腿，跟在母亲后面是越帮越忙，以致母亲彻底绝望。她戳着我的脑门训斥道："你咋长的是爪子呀？"从此，母亲干啥都不用我了，说靠我干啥那是"指屁吹灯"。我倒彻底清闲了。

如今想来，那时的我也挺不容易的：一个很有灵气的孩子，因为讨厌某些事而硬要把自己整成一个啥都不会的小傻瓜，还是很有难度的。

说真的，我是最不喜欢回首往事的——怕自己深陷甜蜜而忘了赶路。

抱抱曾经的自己

突然滋生出一个很奇怪的念头：抱抱曾经的自己。

如果可以，我想回到 7 岁时的那个夏日。

我不想说天有多热，经常跟在我屁股后面蹦来跳去的虎子，它只是趴在地上不停地吐着舌头，任我怎么拉怎么扯就是装作赖皮般一动不动。7 岁的我拎着镰刀，跟着母亲去收麦子。

母亲的胳膊一划拉，就揽住了四行麦子，一镰下去，都放倒了，脚一挑，就是一堆，割得很快。我只割两行，也只是一行一行、一小把一小把地割。

很快，我就被母亲远远地甩在了后面。想赶上母亲，心里一着急，手底下就出错了。

一镰下去，没割到麦子倒割破了自己的鞋面，还有脚背，疼得龇牙咧嘴。脱了鞋袜，一道血口子。我没有喊没有叫，就像母亲平常处理伤口那样，抓了一点儿土，在手里捻得绵绵的，而后撒在直流血的伤口上。看着母亲不直腰地割着，我将那只袜子塞进兜里，忍着疼，继续往前赶，只是比刚进地时割得更慢了。

母亲性急，似乎她已经听到了噼里啪啦麦粒炸裂的声音，头也不回地催促着我"快点，手底下快点"。她打了个来回，到了我的跟前。见我绷着脸慢吞吞的，就踹了一脚，骂了句"没听见麦子都炸开了"，而后继续弯腰猛割。

母亲知道天很热，热得人直流汗，却不晓得汗水流到伤口的疼。

那天临近傍晚，母亲照例拉我到池塘边冲洗，我死活不下去，她才瞅见了我没穿袜子的那只脚，还有脚背上的伤。"没事，都结痂了，两天就好了。"母亲说时语气很轻松，就像受伤的是别人家的孩子。

她或许不知道，一个7岁的小孩子，自己受伤了很疼很想休息却不忍心丢下母亲独自割麦子的矛盾心理吧。

如果可以，我想回到过去，抱抱那个小孩。我的脸颊会轻轻地贴在她的小脸蛋上，说："好样的，你真是个乖孩子。"

如果可以，我想回到10岁那年。

那时我上三年级，考试没考好，很伤心，老师表扬别的孩子就像在批评我。母亲从没问过我的成绩，农活儿多得她都没时间直起腰来，哪会关心这些闲事情？可我却不敢直视母亲的目光，似乎她什么都知道。

那时，如果没记错，应该是一块橡皮二分钱，一支铅笔五分钱，一个本子八分钱。家里是不会经常给我钱买学习用具的，可努力是必需的。贫穷出智慧吧，我想到了电池里的碳棒。

那时电池也是稀罕的东西，不是开玩笑，家里带电的就一手电筒，还舍不得经常用，怕费电池。还是在亲戚家找到了一节废电池，砸开，取出碳棒，我拥有了一支可以长久使用的"笔"。

学校的操场是我的练习本，碳棒是笔，反反复复写，边写边背。开始，一些孩子像看怪物一样看着我：学习不好，还显摆着学习？我才不在乎别人的目光，只知道自己该好好写，好好背，边写边背。背了，会了，继续写，就当练字吧。后来呀，就有人开始学我了，用瓦片，用木棒，谁在乎用啥呢，反正学习就是了。

就那样，脑子并不灵光的我，渐渐地靠拢了优秀生。

如果可以，我想回到过去，抱抱那个小姑娘。我会在她耳边轻声告诉她："想自己的办法，拉自己一把，谁都会像你一样走向优秀。"

如果可以，我想回到 14 岁那年。

那时我已经上初中二年级了，也养成了写日记的习惯，作文写得挺不错。只是，我不是一个长得清爽且伶牙俐齿讨人喜欢的孩子，或者说，总是绷着原本很黑的脸很少露出笑容。

那一年的语文老师很是奇怪，每次讲评作文，都会先说一句"这次作文写得好的有××、××等"，而后将点到名的学生的作文当范文读，最后总说一句，"时间有限，其他的就不读了"。我从来没被点名表扬过，作文自然也没被读过。而翻开作文本，评语、分数往往还差不多——我一直在"等"里面，这让我既欣慰又窝火。而在初一，我的作文总被前一任语文老师当范文的。

那一年每次上作文课，对我都是一场折磨，恨不得将头深深地埋进课桌兜里。而握起笔，又告诉自己要认认真真写出自己最好的作文。

也记得是 3 月，全县举办了一次中学生作文比赛，我是全县唯一的一等奖，也是我们学校唯一获奖的。颁奖回来，学校又召开了一次师生大会，让我在大会上读自己的获奖作文。读着读着，我的声音哽咽了。下面的掌声响了起来，他们一定认为我是声情并茂。那一刻，我终于将自己从作文讲评课上的那个沉重的"等"里面解救出来了。

如果可以，我想回到过去，抱抱那个少女。我会揽着她的肩膀说，你真棒，陪自己走过了泥泞与黑暗！

如果可以，我想回到 18 岁那年，抱抱那个在别人都已酣然入梦她却依旧点着蜡烛勤奋学习的少女，没有那股刻苦劲，她怎么会在千军万马过独木桥的高考中顺利跨进大学的校门？

回望走过的路，点点滴滴都是付出、都是努力，如果可以，我真的想回到过去，抱抱每一阶段里从没懈怠过的自己。感谢她们一路扶持，才让今天的我站在这里——至少没有让自己失望。

浪漫的母亲

我一直觉得，母亲从骨子里是个很浪漫很浪漫的人。

记得小时候，切面条时，母亲总会把我喊到案板前，问："想吃啥样子的面条？"我呢，仰起脸蛋，边瞎想边瞎说，母亲就按我说的样子来切：三角形、菱形、正方形、长方形……父亲总责怪母亲："大人没大人样，你就跟着娃贪玩吧，吃顿饭都吃得乱七八糟的。"

父亲不知道的是，就是因了我的参与、我的瞎想瞎说，我才嬉戏般吃完没油水没菜的杂粮面条，还吃得有滋有味。

用糜子面玉米面红薯面蒸馍馍时，母亲更民主。只要我们兄妹没事，都可以趴到案板上参与。洗干净的各种豆子就放在旁边。馍馍的形样随便捏，可以在里面放进自己喜欢的豆子。母亲只是强调说，自己捏的馍馍蒸熟后就是自己的了，得吃完，不许耍赖的。

有几粒豆子包在里面，而且是自己包进去的，我们就毫不抱怨地吃着其实并不喜欢吃的各种馍馍。

想想看，几个箅子上，东倒西歪着不同形样的馍馍，谁家会这么开明？只有浪漫的母亲才会想到用种种方式刺激孩子们的味蕾，唤起孩子们的食欲。

母亲的浪漫，当然不止这些。

想想，吃个苹果都像过年般隆重的年月，院子里的苹果树上结了多少苹果，都在母亲反反复复中数得清清楚楚，我们绝对没有机会偷吃的。

摘苹果是母亲亲自做的事。高处，母亲会站在梯子上小心地摘下来，绝不会不小心撞掉一个苹果的。不过，母亲每次都会留一个苹果在树上，说是鸟雀也得吃。

树上是结了好些苹果，可一条巷子中好歹也有二十几户人家，每家送两个，也留不下几个让我们吃。我们自然也不会空手回来的，我们不过是用苹果一种味儿，换来了很多味儿。

呵呵，人都吃不饱，还给鸟雀留。一棵苹果树让我们吃到了许多味儿。这都是母亲的浪漫。

记得那年我要外出求学了，母亲把我和父亲送到了村口。我们准备走了，母亲又喊住了我，问："你把啥忘了？"我想了一会儿，没想起什么。母亲从兜里掏出一把钥匙，后面还挂着一个小绒球球。母亲说："把咱屋里的大门钥匙带上，我娃走得再远，都会觉得像在自家屋里一样散坦。"

父亲嘴角一撇，不屑道："就没个大人样，娃都上大学了还玩呀？"

"想自家屋里了看看钥匙。"我和父亲已经走了老远，母亲还在叮咛。

还真别说，想家了，我就掏出钥匙。看着看着，恍惚间就进了家，就来到家里的角角落落，想家的难受劲就被慢慢地稀释了。

我一直觉得，给我钥匙是母亲做的最浪漫的事。

种田时的母亲也是很浪漫的。田地分到各家各户了，人家种庄稼，都可着边种，恨不得不留地畔。母亲倒好，地前面种一溜向日葵。只是图了好看——不等熟好，就被路人摘了。在父亲嘟哝不合算时，母亲说了，咱看了芽儿拱出地面，看了叶子变宽变大，还看了多日的葵花盘。人家就图了个嘴快，还是咱划算。

瞧瞧母亲，连算得失都算得如此浪漫！

说实在的，我成长的快乐真的得益于母亲的浪漫。

也记得三十多年前去赶集的事。一毛二分钱一碗香喷喷的饸面，娃娃们围着吃，大人们乐呵呵地看着，不吃也香。我的母亲却把我拉到书摊前，慷慨地给我两毛钱，并嘱咐道，好好看。

母亲信奉"嘴瘾一过就消化了，眼瘾一过就留心里了"，当别的母亲给自家孩子带回来吃的东西时，她给我带回来的多是本子、笔，或者书。三十多年前的关中农村，连吃饭都是问题，母亲却给我订了一年的《少年月刊》。

巷子里别的女人不理解我的母亲，说她"不会过日子"。可我知道，是浪漫引领着我的母亲站在"今天"里看的却是"明天"的风景。

我喜欢母亲身上的那股浪漫，我今天之所以喜欢写作，多半是继承了她的浪漫吧。我更想把它作为一种财富，让我的孩子传承！

孩子，我想留给你

孩子，我想把自己一生的经历乃至所有酸甜苦辣的记忆都留给你，供你参考，我只是想让你明辨是非从而少走弯路。

我想留给你，我的迷茫我的彷徨我的哭泣乃至我受到的伤害，我不怕揭开自己疮疤的痛，我只想让你看着我的经历调整好你自己的方向。

我想留给你，我不改的初衷我不懈的追求我洋溢着的幸福乃至我内心奔涌着的激情，我只想让你强烈地感受到我对生活永不言弃的深爱，而后深深地疼爱自己热爱生活，无论自己或生活展示出怎样的情形。

我想留给你，我那点儿小小的浪漫或自欺。在我追求理想屡屡受挫时，我会告诉自己：享受过程最为重要，一下子就实现的愿望，不是肤浅就是没有多大价值。在我人生的字典里，从来没有类似"颓废""悲观"这样令人沮丧的词儿。我一直告诉自己，没有成功就是还不够努力，没有取得大成功就是过于平顺磨难太少。而每每成功时，我都觉得像占了天大的便宜，因为我还准备了很多努力的方法、尝试的途径。

我想留给你，感知幸福的敏锐性。天是温情的，风是柔和的，

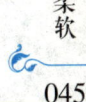

街边没有乞讨者，没有打架斗殴者，而你自己又没有烦心事，这就是幸福。孩子，幸福其实是很容易亲近的，她一点儿都不拿捏不摆架子。看见路边摇曳的花，看见老人皱纹里流淌的笑，看着孩子满脸欢喜地搀扶着长者……你看见诸如此类的美好，你就获得了幸福。幸福不等同于物质的价值，就像我们开心地说着笑着吃五块钱一碗面条，却有人脸颊挂着泪珠哽咽着吃不下山珍海味。

我想留给你，对清贫落魄者的怜惜与尊重，与富贵权势之人的平等心。因为种种原因，人们存在着贫富之别，可贫富与尊卑无关，外在与内心相去甚远。有人生活不富裕衣着简朴却举止高雅，也有人有钱有势穿金戴银却言行粗俗；有人冠冕堂皇出语动听却心灵猥琐，有人言语木讷行动迟缓却心地良善。孩子，用你的心去与人交往吧，而不只是脆弱的眼睛。

孩子，我想留给你渴望成功又不会被失败淹没的心态，我想留给你喜欢热闹又不拒绝孤独的品行，我想留给你努力提升自己却不会伤害别人的美德……

我想留给你的很多很多，我成功的经验失败的教训，还有我一直向前的身影，都想留给你。

孩子，说了这么多，可不管怎样，我还是希望在你的身上有像我一样的浪漫或自欺：它是一种缓冲，让自己不至于刚而折；更是一种养精蓄锐，让你远离气馁与绝望。

裁剪一段时光

日子总是那么忙忙碌碌紧紧张张，忙碌得忘记了自己的爱好，紧张得听不见自己心的呼唤。时间也有边角料啊，请允许我裁剪一段小小的足以忽略的时间，留给自己挥霍吧。

出神，发愣，犯傻，乃至开小差，却宛如参加一场场流动的盛宴，心儿得以滋养，便丰盈无比。

是中午时分吧，我的眼睛入迷地看着地图上那个被夹在法国、德国、意大利中间的国家。它有个美丽的名字叫瑞士，瑞士有个极为华美的地方叫卢塞恩。是的，就是这个名字"卢塞恩"，我不知道她的风光有多么绮丽，不知道她的内涵有多么丰美，我只知道——

瓦格纳说，"卢塞恩的温柔使我把音乐都忘了"；雨果说，"在这里待上一小时，人将成为一尊雕像"；而托尔斯泰去到那里后觉得自己快要被铺天盖地的美所淹没，以至于想紧紧地抱住某个人……

于是那个中午，我闭了眼，卢塞恩那绝美的令人窒息的湖光山色于想象中在我的眼前铺展开来……

而那一天，就因为我的思想"抛锚"了那一小会儿，一下子鲜活起来。

请允许我裁剪一段时光，留给自己挥霍——只有张弛有度，才能更好地生活。

有段日子，种种琐事压身，我觉得疲惫不堪，甚或有种快撑不下去的崩溃感。于是我心一横，请了几天假。独自，远足，且没有目的——我突然厌烦了所谓的目的。

就这样漫无目的地走着看着，遇见了有趣的人，经历了奇异的事，我才发现，"邂逅"原来是很美丽的一个词儿，甚至等同于"惊喜"！

一次休憩，我摆脱了曾经死死地纠缠着自己的种种不良心理，好长一段时间都很舒心。

请允许我裁剪一段时光，留给自己挥霍——有时退一步远观，更便于我们看清前行的路。

生活的节奏越来越快，你我也都在很努力地往前赶。可是人呀，真的不是机器，发条总上得那么紧，迟早会出问题的。

不管你，还是我，都应该允许自己偶尔裁剪一段时光让自己挥霍，允许自己出神，发愣，犯傻，甚至开小差。这是张弛有度，更是蓄精养锐！

幸福的鸡蛋

四十年前，在我们乡下，鸡蛋是极稀罕的东西。我们家的鸡蛋就被母亲高高地放在木板上的瓷坛里。

家里没人时，我常常踩着大凳子上的小凳子，颤悠悠地从高高的木板上搬下那个瓷坛子。打开，鸡蛋们正安安静静舒舒服服地躺在里面睡觉呢。椭圆的，白生生的。轻轻推一下坛子，我好像听见了它们脆脆的笑声，就像母鸡骄傲的咯咯声。

于是，我就摇一下，再摇一下……欢喜生动起来了，"嘿嘿，嘿嘿"，笑声就在我的脸上绘了朵花。

好几次，母亲揪着我的小耳朵吓唬我："不敢乱搬坛子，鸡蛋撞破了咋办？撞破了就把咱屋里的油盐酱醋撞没了，就把你的花衣服撞没了。"

我吐吐舌头，又乖乖地把瓷坛子放回木板上。

鸡蛋攒到一定数量，母亲就把它们放进塞满麦秸的篮子里，拎到镇上卖。卖的钱就买油盐酱醋，买针线篓里需要添置的。攒的钱多了，就买布料准备过年的新衣服。那些鸡蛋可不能出问题的，这个轻重我还是知道的。

去鸡窝里捡鸡蛋是我的任务。

每天，一听见母鸡咯咯的叫声，我撒腿就跑向后院。等那只下蛋的母鸡功臣般昂首阔步地骄傲地走出鸡窝了，我立马就冲了上去——鸡蛋摸着还有温热呢。

通常，我并不急于给母亲上缴鸡蛋。坐在后院的柴火堆边，大拇指和食指捏着鸡蛋对着太阳举起来，能影影乎乎地看见蛋黄呢。有一次，我对着太阳看了半天，觉得好像是双黄蛋。于是一跃而起，跑向前院——想给母亲一个惊喜。跨门槛时，摔了一跤。双手高高捧着一个鸡蛋，自然没法撑地，下巴直接磕在了地上，破了一个大血口子。

下巴上破了一个血口子我都没理会，爬起来还满脸是笑，连声对母亲说着"双黄蛋，双黄蛋"。母亲接过鸡蛋，打了我一巴掌，骂道"你傻呀"，拉起我就赶往村卫生所。

下巴上的血口子换来一个没摔破的鸡蛋，值啊！

每年生日那天，母亲都会在面条下给我埋个荷包蛋。我会把鸡蛋扒拉来扒拉去，面条吃完了，就是舍不得咬一口鸡蛋。那会儿，哥哥们的眼睛似乎带着钩子，能把鸡蛋从我的碗里钩进他们碗里。我就扭着屁股把碗端到别处，独自享受美味了。

其实他们过生日，我也一样是干瞪眼，有想法没办法。

除此之外，就是家里来了金贵的客人，才会用一个鸡蛋。去掉蛋壳后，妈妈会加些面粉使劲搅拌，炒出来的鸡蛋就是一大盘子。或一大锅面条，只打一个鸡蛋，妈妈也是快速搅动，于是乎，满锅里都是蛋花花，每个碗里都漂满蛋花花，看着就很香很香。

儿时的鸡蛋，应该是最幸福的鸡蛋吧！

第四辑

有一种忽略，疼得彻骨

有一种忽略，当你察觉时，疼得彻骨痛得揪心。而那种忽略，恰恰是你最容易忽略的。只因彼此，是无间的亲近！

你不能原谅自己，你甚至想不明白自己何以如此冷漠，应该是至亲至爱的人，却偏偏被自己忽略。

是的，你永远不能原谅自己，因为忽略。更因为忽略的恰恰是最疼最爱自己的人，也是自己最疼最爱的人。

继父

听母亲说，他进门时我只有五个月大。对"父亲"的记忆，别说我，就连比我大两岁的三哥、大五岁的二哥，都说记忆里只有他。

他在离我家不远的钢厂上班。河南人，矮小，黑瘦，长得倒很筋骨。似乎不管见了谁，都是一脸讨好的有点卑贱的笑。

多年后，看着他蒙着黑纱的照片，母亲总是感慨："要不是那些女人家眼角浅，光看男人长相，这么好的一个人，还会上门到咱家过日子？还能轮得到咱娘儿五个享福？"母亲可不是在心里默想，而是自言自语。

不只是母亲想不明白，我们兄妹在一起说起他，也是泪水涟涟。觉得他好像就是为了我们才到这世上辛苦地走了这么一遭，遭了那么多罪。

记忆里，他一下班，随便吃点儿，就到街口摆摊——修自行车捎带配钥匙。我呢，一直在旁边玩。没活儿干时，他就笑眯眯地瞅着我，那目光就柔柔软软地洒了我一身。有时，他会喊："妮儿，甜一下去。"我就欢快地跑向他，从那油腻腻的大手掌里捏起五分钱，买几颗水果糖。一剥开糖纸，我会举到他的嘴边，让他先舔一口，也甜甜。他会用干净点儿的手背蹭一下我的小脸蛋，说："爸不吃，妮儿吃。妮儿嘴里甜了，爸就心里甜了。"

天黑了，准备回家了。不用他说，我就爬上小推车，不歇气地连声喊着"回家喽——回家喽——"。

直到去世前，他还在街口摆摊修自行车。

他还能修理各种电器，巷子里的人经常跑到家里麻烦他。我有时就纳闷，问他："我真想不出，你还有啥不会的？"他就笑了，说："爸是从小卖蒸馍，啥事都经过。"

他对自己啥都不讲究，啥都是凑合。

母亲常常说起他每月工资一个子儿不留地交给自己的事，说时总是撩起衣襟抹眼泪。母亲说："人家男人都吸烟喝酒，他咋能不眼馋？还不是咱娘儿五个拖累大，得攒钱。"母亲也常在我们面前唠叨，说："你们呀，要是对他不好，就是造孽。妈一个妇道人家，咋能养活得了四个娃娃？早都饿成皮包骨头贴到南墙上了！"

在家里，母亲很敬重他。他蹲在哪儿，饭桌就放到哪儿。我会以最快的速度给他的屁股下面塞个小凳子，哥哥们立马就围了过去。母亲边给他夹菜边说，"你是当家的，得吃好"。他又笑着夹给我们，"叫娃儿们吃，娃儿们长身体，要吃好"。

他几乎一年四季都是那身蓝色厂服。母亲要给他做身新衣服时，他总说，"都老皮老脸了，还讲究啥？给娃儿们做"。

"百能百巧，破裤子烂袄。"街坊嘲笑他，只知道挣钱舍不得花钱。

"再能顶个屁，还不是在人家地里不下种光流汗？不就是不掏钱的长工吗？"熟识的人讥讽他，没有自己的孩子还那么撅着屁股卖命地干。

流言蜚语咋能传不进他的耳朵？更有甚者跟他说话直接带味儿。好几次，母亲没话找话硬拉扯到那事上想宽慰他，他只是笑笑，说："没事，手底下的活儿都做不完，哪有闲工夫生气？"

他不是脾气好，是压根儿就没脾气。

邻里街坊说话不饶他倒也罢了，欺生。可爷爷奶奶大伯叔叔们从一开始就不同意他上门的，在本家的大小事上都不给他好脸色看，这就没道理了。可他，见谁都是乐呵呵的，才不理会别人紧绷着的脸。母亲为此很生气，说："这一家子孤儿寡母不是你，日子能过前去？给他们姓李的养活娃娃，凭啥还要看他们的脸色？断了，断了，不来往了！"

他倒给母亲和起脾气来，说："忍一忍就过去了，都是一家人，计较啥？"

只是，我万万没有想到，他竟然也会发脾气，还是因为大哥的事。

大哥看上了个姑娘，家里俩姐妹，姑娘的父母也看上大哥忠厚，想招他上门。大哥自己都愿意了，可就卡在了继父那儿。

我能给你们几个当得起爸，就能娶得起媳妇盖得起房！他摔下这句话就披着衣服走了。母亲后来找了大哥，当时我也在场。母亲说："你爸死活不同意你给人家上门。你爸说了，招上门的女婿，腰就直不起，就叫人下眼看了。"

大哥沉默了。大哥抬起头时，眼睛红红的。

事实上，在抚养我们长大的过程中，他划了两个院子，每个院子里盖了一排五间的厦房，也重新盖了老屋，我那三个哥哥，不偏不倚，一人一院，媳妇们也都娶进了门。

他是在我出嫁后的第二年走的，前一周还跟我说自己身子骨硬朗着哩，家孙抱完了，就等着抱外孙哩。那天，他正补着车带，一头栽下去，就再也没有醒来。

我难过得无法原谅自己，因为我的记忆里竟然没有他衰老的过程，只有他不断劳作的身影！皱纹何时如蛛网般吞没了他？牙床何时开始松动以致嚼不动他特喜欢吃的茴香味儿的干馍片？他胃疼得整晚整晚睡不着觉时想到过叫醒我们唠唠嗑儿来打发疼痛吗……

倘若他病在床上，我们服侍了些日子，心里或许会好受些。可是，可是爱一直是单向流淌啊，我们究竟关心过他多少？！

我没有生父的丝毫记忆，我记忆里的父亲就是他，也只有他。听母亲说，连大我七岁的大哥，在他进门后不久，也再也没说起过生父。

他走的情形我永远记着。

大伯叔叔们不让他们的孩子给他穿孝服，我们兄妹四个磕头挨个儿求过，他们依旧不答应。当着本家那么多亲戚，大哥说话了："他就是我们兄妹四个的爸，我们四个不是喝西北风长大的，是我爸养大的。这一次不给我爸披麻戴孝，也行，就断亲，断个彻底！你们去世，我们兄妹四个，也不会到灵前的！"

事实的确如此。您该满意了吧，爸？

您的丧事也办得很体面，我们除了给您风风光光地办丧事，还能为您做什么，爸——

您没给我们生命，却给了我们一切！

有一种忽略，疼得彻骨

有一种忽略，当你察觉时，疼得彻骨痛得揪心。而那种忽略，恰恰是你最最容易忽略的。只因彼此，是无间的亲近！

吃饭

"咋吃啥菜都没味道？"

母亲的声音是不大，还伴随着一声轻叹。

"现在的人都吃馋了，见啥都不稀罕，吃啥都不香。"

你附和了一句，头也没抬地依旧往嘴里扒拉着饭菜，吃完饭你得赶紧出去一下。您总是那么匆忙，匆忙到母亲的话语像风儿吹过，留不下一点儿痕迹。

或许人的衰老，就是从味觉开始的。这是你过后才想到的。随之涌上来的，是许许多多重重叠叠的影像，在所有的影像里，她都表现得那么没有食欲。而你，当时竟然可笑地觉得，那是因为她跟着你们兄妹享福了，啥都吃过，也就啥也不觉得香甜了。

当你看到一本权威杂志上说美国最权威的机构已经证明"人的衰老是从味觉开始"时，你狠狠地捶打着自己，你觉得自己真是个浑蛋！

你记起自己小时候不喜欢吃东西了，母亲就变着花样给你做，她最怕你吃不好了。那时母亲常说的话是，"妈不要我娃有多大的出息，只要我娃健健康康壮壮实实就好"。

而你，竟然无视她的感觉！你为什么就不能像母亲爱你那样关注她老人家呢？

睡觉

"咋老睡不实在？"

在你面前，母亲说啥声音都很小，显得很随意，随意到她的话进不了你的心。

"人老三大病，怕死爱钱没瞌睡。正常，没事。"

你觉得那不是一件事，至少不是一件足以引起你重视的事。

偶尔回家，夜里，你也听到了隔壁传来窸窸窣窣的声音，她翻来覆去睡不着。你甚至还觉得老年人就是好，晚上没瞌睡，白天又没事，想啥时眯瞪一下都行。

也是后来你才知道，严重失眠对年老体弱的母亲来说，是致命的，让她神情恍惚，让她各方面急剧衰败。

你记起许多。记起睡觉时，母亲总将你的被子暖在离火炕最近的地方，她自己就睡在最远也是最凉的墙边儿。就那，母亲还给你的被子上再盖上一层被子保暖。北方的冬天，入骨的寒冷，可你总是睡得很踏实很踏实。

而你，竟然忽略了她老人家的感受。你突然觉得很悲哀，你咋就忽视了她的睡眠？

聊天

你趴在电脑前敲着，你是自得其乐，你喜欢在文字里畅游。

码字，是不需要人陪同的，是一个人华美的舞蹈或一个人风起云涌的游戏。

你的余光瞧见母亲倚着门框看着你，你说，你自己看看电视吧，电视多好，随便调台看。你是想打发母亲离开，再说了，她站在那里，你也不能静心写作的。

多少次，你看见电视开着，调到无声，她怕影响你写东西。而她，蜷缩在沙发里，显得那么瘦小，那么无力——已经神游他方了。

偶尔你也会良心发现，想陪她说会儿话。可她一开口，就是三十年前你们如何如何。你就烦了，就腻了，因为那些岁月已经遥远到你自己都快淡忘了。

于是你很少陪她，留给她的，就是无边无际的寂寞，眼睛里越来越深的空洞！

你怎么就不能耐心地好好地陪陪她呢？她可是为了教儿时的你发好一个音，不厌其烦地教上好几天的。人咋长一长就变得没心没肺了？

一声长叹

你懊恼，你气自己，都是在母亲已经走了之后。

母亲在时，你总觉得属于你们的日子很长，你的心里你的嘴边总挂着一句话"有时间再……"

直到有一天，她彻底将自己的生命放弃，你才觉得悲哀铺天盖地席卷而来，你无从躲避。你不能原谅自己，你甚至想不明白自己何以如此冷漠，应该是至亲至爱的人，却偏偏被自己忽略。

是的，你永远不能原谅自己，因为忽略。更因为忽略的恰恰是最疼最爱自己的人，也是自己最疼最爱的人。

星河

冬日的早晨，瞎眼的姥姥靠在西面的土墙根，用掉了齿的木梳子捵着唾沫给我梳头。她说，看见满天的星星像一条河时，就会有好运，那是命。

那以后，夜里，我老爱溜出来。一个人坐在院里的石墩上，眼睛眨也不眨地盯着天上的星星，盯得眼睛发酸，盯得星儿越离越远，越来越少……

爹走得早，在娘生下我的第二天。儿时，娘常幽幽地瞅着我，冷不防用手指戳一下我的脑门，长叹一声："克星。"姥姥又说星河能带给我好运，我真不知道该信哪种星。

每夜，我依旧轻手轻脚地下了床，推开房门，坐在石墩上，盯着天上的星星发呆。

7岁那年，我到屋后的大青山上放羊，一不小心掉下了土崖，脚腕子扭了，双腿也划破了，血染红了裤腿。

听见有人满山地喊我。

家里，姥姥咽了气。跪在姥姥的床前，我的哭声沙哑了。别人拉我起来，双腿着地处留下了两道血痕，两条河样的。我真情愿那是星河，只一条就够了。

以后的夜里，我依旧溜出来找姥姥说的能带给我好运的星河。

我讨厌门前的大坡。10岁那年，娘从坡下往家里转土，我在后面挣断筋地推着。架子车最终还是滑到坡下，撞在一棵树上，车板碎了。我吓呆了，娘伤心至极，劈手打在我的脸上："劲儿都使到哪里了？"娘爬在车帮上一把一把地抹泪。我那车轮碾过的脚趾也觉得湿漉漉的。

晚上，在娘惊慌地说不出一句话只摸着我结满血痂的脚趾时，我冒了句："娘，有爹就好了。"娘脸色煞白，起身不知干什么去了。

那夜，朦胧的月光下，我还是等了半夜的星河。

12岁了，我长得像十四五岁的娃娃般结实：两桶水，晃悠悠的，就挑回了家。多半车土，娘在后面加把劲儿，也能勉强拉进家门。大婶大妈常在娘跟前夸我比小子还管用，夸得娘撩起衣襟直抹泪。

夜里，我又溜出来。夜风凉飕飕的，我直打战，眼睛还是一眨不眨地盯着夜空。不知过了多久，我几乎要睡着了，身子被轻轻地压了一下，身上多了件外衣，娘已经坐在了我的身边。

"娘，星星能不能多得像条河？"娘沉默着，用手指梳理着我被夜风吹乱的短发。"姥姥说，等到看见星河咱就有好运了。"娘依旧沉默着。"娘，我等了多少年，咋还没有看见？"娘用衣袖抹去我脸颊上的泪。我用力地摇着娘的手臂："说呀，娘，还要我等多久啊？"我哭出了声："到底有没有呀，娘？"

……

"睡吧，妮儿，"娘终于开了口，"总得有个盼头呀。"

那晚，我老睡不着，我对星河的存在第一次发生了怀疑：是姥姥骗了我，还是别人骗了姥姥？姥姥受尽了苦却走得那么坦然，是因为她没有看见星河觉得命该如此吗？

以后的每夜，我依旧出去，在无望的静坐中守候，已成了一种习惯。

娘说得对，总得有个盼头！

母亲的冬天

春的播撒,夏的耕耘,秋的收获,都是热闹的,也都是大家的。唯有冬的寂静与忙碌,记忆中独属母亲!

——题记

母亲真的老了,像一台年久失修磨损过度的老机器,似乎稍有风吹草动都可能使它散架,特别是在冬天。

冬天的严寒携带着干燥铺天盖地而来,看似霸气十足却也只是欺老凌弱,将我那多种疾病缠身的老母亲的活动范围缩小成一方土炕。来了探望她的亲友,母亲总想讲礼数,只是从炕沿挪至对面的藤椅,也是颤颤巍巍,抬腿落脚显得那么吃力,真真的一步一个脚印:是怕踩不实在,还是怕干瘦如柴的腿脚支撑不起同样枯瘦的身子骨?

挪动,对冬天的母亲来说,已经算是艰难之至——我得使劲抚着她的胸脯帮她大口喘气。是冬天的寒冷,使母亲的每一寸肌肤都绷得那么紧,还是曾经岁月里的忙碌耗干了母亲的身体?

在我的记忆里,冬天的寒冷似乎一贯如此。母亲的脸一到冬天就通红通红的,皲裂的双手边干活儿边使劲地搓着揉着。在曾经的岁月里，冬天，重重叠叠挥之不去的，尽是母亲骄傲的独舞的身姿——

且不说一家六口的单鞋棉鞋底儿摞得有多高，一针一线都得母亲在冬天忙里偷闲来纳完，过年时每个人从里到外的衣服连剪带缝也得母亲独自做好；也不说母亲是所有冬藏了的作物最忠实的看守者，下窖的红薯得经常下去挑出有疤痕的以免殃及一片，堆积如山的柿子得做成柿饼要着好霜又不能冻着；更不要说爱热闹又讲排场的父亲常把母亲的手巧当作自己的骄傲，隔三岔五地邀三朋四友来家里热闹，上得桌面又可口的小菜小吃迫使贫困中的母亲将智慧发挥到了极限！

记忆里的冬天，尽是母亲忙忙碌碌的身影重重叠叠，母亲如陀螺般旋转，我都能看见她额头上沁出的晶莹透亮的汗珠儿。母亲似乎满眼都是做不完的活计：解下围裙，拿起扫帚；搁下扫帚，拿起针线；放下针线，拉起架子车，一车一车的枯草就给猪和羊扒拉回来了。

晚上，母亲总在油灯下做针线活儿，我曾趴在被窝里，双手托着下巴傻傻地问："妈，你咋就没瞌睡？"

母亲笑了，说："傻娃，冬天，天短夜长，日子溜得快，手底下不出活儿，就得熬夜。"

到现在，我还常常傻傻地想：人都说"邋遢婆娘生皇上"，母亲大撒手啥也不管的，孩子就被迫什么都会、什么都精。是不是就因为自己的母亲太利索太能干了，自己才除了握握笔之外，笨拙的两手捉不住一只鳖？

记忆里，我写字时，旁边总放个热水杯，母亲会适时地换上热水备我暖手用；哥哥们和父亲下棋时，茶叶、水壶、爆米花就搁在近旁，很顺手。而母亲呢，总是一个人在屋里忙碌着，从没见她烦躁过，目光落在哪儿落在谁身上，沉静中流露出的，都是按捺不住的喜悦！

"活儿，总有做完的时候；人哪，也总有歇下来的时候。"多年后，母亲的这句话一直敲击着我的耳膜。

每每我疲惫得想懈怠时，烦躁得欲敷衍时，就想起母亲忙而不乱、累而不烦的神态，就想到母亲手下不停活计悠闲地说这句话时的情形，就不觉脸红，遂不敢有丝毫的马虎和懈怠。

每个人都有自己的冬天，是漫长的死寂的寒冷，抑或是绵长的忙碌的充实，任由自己填充。有的人多年的冬天折叠起来只是更寒冷的冬天，而母亲的冬天，则发酵成我心中一幅纯美之至永不褪色的画卷！

人生是不能轻易被注定的

芳，是我最好的朋友。

记得上小学四年级时，数学老师曾不耐烦地说她："就你？能算出这道附加题，石头都开花了！"

两天后，没人看见开花的石头，芳把附加题做得完美无缺。

芳家境贫穷，总穿着哥哥们穿过的灰不拉几宽大的衣服，其貌不扬，又像个闷葫芦很少言语。说实话，老师同学都不看好她甚至瞧不起她。也只有她不嫌弃我小儿麻痹，不烦我走路慢，天天喊我一道上学，陪我闷坐。

后来，我们一起上寄宿中学。一次，宿舍里那个自以为如花般美丽，其实只是穿着比芳漂亮的同学丢了两块钱，公然以十分肯定的语气断定是芳"偷"了——她家最穷，连五分钱一份的菜也买不起，总是白开水就着红苕馍、玉米糕，不是她能是谁？

那个同学天天开口闭嘴就是"马瘦毛长，人穷志短"。芳哭着给我说她根本就没有……"甭理她！"我相信芳如同相信自己，可我只能和她一道狠狠地踢着无辜的土疙瘩来安慰她。

第二周，芳当着全宿舍学生的面递给那个同学两块钱，说："给你两块钱，你再不要说了。"那同学在接过钱的同时讥笑道："就是天天偷，这辈子也是穷鬼！"芳仰起头，竟哈哈笑了两声，说："给你两块钱就是为了堵住你的臭嘴，和你的钱没一点儿关系！"

那件事后，芳更沉默了。一年后，芳成了我们班唯一考进重点高中实验班的学生！

大三时，我去看芳。

芳情绪很激动地说她和来自北京干部家庭的室友同时喜欢上了一个男孩。刻薄的室友羞辱她："丑小鸭变成白天鹅的时代已经过去了，要不要我给你买个镜子，照照你有多土多蠢！"

也记得我当时拍拍芳的肩道，你不觉得有更好的男孩在前面等着你？

一晃就是12年。

已事业有成的芳，也找到了情投意合的爱人，远嫁法国。看着她在卢浮宫前神采飞扬的照片，我又想起她的种种遭遇来……

人生，是不能轻易被注定的！

白面馍馍

当我读到"两个白菜帮子做的包子,要支撑着做石匠的父亲将那五十多斤的大铁锤抡几千下,两个包子是父亲的口粮呀,却成了我们眼馋嘴馋的零食,它从来没有属于过父亲"时,泪水从眼角滑落。

我想起了三十多年前的自己,想起了三十多年前父亲每天带回家的白面馍馍。

三十多年前的农村,只有在过年的那几天,才能吃到外面是层白白的薄薄的麦面,里面却包着杂粮的馍馍。平日里,是见不到麦面的,偶尔,家里也会突然冒出几个很黑很黑的麦面馍馍,那是专门给姥姥蒸的。尽管很黑很黑,可毕竟是麦面馍馍,我依旧眼馋。

"去,甭眼馋,碎娃娃吃好东西的日子长着哩。"在我们兄妹如狼似虎般眼巴巴地盯着姥姥的麦面馍馍时,母亲就像赶前来啄食的小鸡一样,挥动着手臂,我们才极不情愿地一步三回头地挪到姥姥的房门口。

事实上,避开母亲,姥姥总将她的麦面馍馍分给我们吃。那时,早晨红薯粥,中午红薯面条,下午红薯馍馍,晚上饿了,再来点儿红薯叉叉。那会儿，玉米饼饼、糜面糕糕都算很好吃的。结果就是：红薯吃多了，一开口就是一股红薯的酸味；还爱放屁，一个接一个，屁里都有一股酸味儿。

除此之外，我，还能吃到什么？事情的转机在于父亲去黄河边的工地上干活儿。听父亲说，他们是先从山上炸石头，而后将石块砸成较方正的，再搬到河堤边垒起来。

记得父亲第一次从工地上回来，那会儿哥哥们还没有放学。他从包里掏出一个东西，在我眼前晃了晃——是白面馍馍，我们过年时才能吃上的白面馍馍！我一把从父亲手里夺过馍馍，狠狠地咬了一大口，天哪，里面还是白面，没有包杂粮！我大口大口地咬，急急地往下咽，生怕有人跟我抢——我必须在哥哥们回来前消灭干净，尽管我十二分地舍不得，想藏起来慢慢享受。

"别噎着，慢点，喝点儿水。"父亲笑着拍打着我的后背，不停地提醒我。结果是，即便馍馍卡在喉咙，我还会咬下一口。"你再这样子，我就不给你往回拿了。只要去工地，天天都有。"父亲可能也被我狼吞虎咽的样子吓着了，吓唬道。

后来，我和父亲悄悄约定，每天，我到村口等他，他就给我带回一个白面馍馍。常常不等走到家门口，那个馍馍就进了我的小肚子。

有一次，实在是太愧疚了，我就给父亲说：要是你能多拿回来几个就好了，都能吃上。父亲笑了，解释说是几个人在一起吃，每次只能剩一个，每次都是他往回拿，咋好意思再要人家饭摊剩下的？

多年后，我和父亲说起他在工地上干活儿的事，慨叹道："那会儿男人在工地干活儿就是好，白面馍馍尽够吃，就恓惶了在屋里的人。"那是自然的，给我带回来的是他们吃剩的。

父亲笑了，说："你真是个瓜女子。砸石头背石头，活儿重、活儿苦，一天下来，一个人就发一个白面馍馍，剩下的都是杂粮。"

那一刻，我的心被狠狠地刺了一下：我每天欢快地、理所当然享受的，是父亲一天劳动的奖赏！

父亲却很轻松地说，自己那时最高兴的事，就是看我狼吞虎咽的憨样子。

我又说到自己独自享受那个白面馍馍的自私。父亲说："那算啥事？我娃是千金，你两个哥咋好意思和我娃挣？"父亲又说："你打小身体就虚，就软，好好照顾都怕照顾不好，还赶上没吃没穿的苦日子，咋样照顾我娃都不过分，他俩是男娃，风里雨里就长大了。"父亲还说起在工地上往回拿馍馍的事，说大家都猜他把白面馍馍剩下是想孝敬我姥姥的，说得他都不好意思了。临了，父亲就感慨道："人往下亲哪……"

今天，当一个人在回忆中愧疚自己吃了父亲的白菜包子时，我又想起了我父亲的白面馍馍，和白面馍馍里藏着的那些往事。是苦涩还是甘甜，我竟然说不上来了。只觉得无边无际的感动，漫上心头。

至少看起来干净些

在对学生的管理与教育中，我常常想起杨盼，一个很普通的女孩，正是她，给了我施教的良性暗示，我称这种感觉为"杨盼启示"。

尽管各种教育文件及条文都要求教师"以人为本"，尊重学生，在教育理念中彻底抹去"差生"这个名词。然而，在我心里，还是将杨盼的同桌石磊定义为"双差生 1 号"：彻头彻尾无可救药，只因距离少管所太远而暂时寄于我班的一个角色！

打架斗殴是家常便饭，顶撞侮辱老师也是小菜一碟，只有你想不到的错，没有他不可能犯的错！对他，作为班主任的我几乎从不正眼瞧一下，不论他如何成精作怪我都不予理睬，放在角落里"阴干"去——我才不会招惹一个"三七二十八"的东西！

没人搭理的他，百无聊赖地顾自说着无聊的话，做着无聊的滑稽动作想引逗别人，可周围一点儿回音都没有，他就那么尴尬地张狂着。

孤立，又何尝不是最好的惩戒？

教育不是万能的，不是所有的"石"都可以点化成"金"，对于某些病入膏肓的顽劣生，"以毒攻毒"乃教育的良策！我的原则是，也许我无力转变他龌龊的思想、肮脏的言行，但绝不允许他肆意干扰影响他人。

然而，一个很普通的女孩杨盼，却给做班务工作近二十年的我以"温柔一击"，颠覆了我的"差生教育理论"。

那天上自习前，我不放心地去了教室一趟，看见杨盼在拍打着石磊的衣服。杨盼虽然学习很一般，然而的确是很文静、很本分的女生，竟然……

"杨盼！"我大声喊道，"你不学习干什么？"愤怒乃至失望通过我的声音抛给她。我是在孤立石磊，我不希望任何人搭理他。

"我……"杨盼愣了一下，解释道，"我见石磊衣服上沾了好多白灰，我想给他拍干净。"

"拍干净谁身上的浮尘都很容易，你觉得对每个人都有必要吗？有必要浪费你的时间仅仅只是让某个人的'衣服'干净？"我话中有话地说道。

"至少……至少让他看起来干净些。"杨盼小声说。

至少让他看起来干净些！

一刹那，杨盼的话，在我，如醍醐灌顶：的确，由于家庭状况及多年积习，对于那些顽劣学生，我不能也无力改变的很多，可至少应尽可能地给予正面引导和教育，而不应漠视他们，眼看着他们破罐破摔！

能改变多少是多少，必须尽可能地去影响、去改变。也许你无法马上让他摆脱恶习成为品学兼优的优秀生，但是你可以尝试着引导他在某件事上明白是非，哪怕鼓励他上好半节课也行。面对接受教育的孩子，我们是不能拒绝施教的！

我常常想起杨盼给石磊拍打衣服的情形，我也应该像杨盼那样，尽可能地给学生"拂尘"，我坚信，次数多了，他们也会爱上干净的。

第五辑

倘若生命里不曾遇见您

  已故去多年的姥姥是我生命里一直感念的人,我常常会情不自禁地想:倘若我的生命里不曾遇见她,缺失了那段有她陪伴的柔软时光,我会是什么样子?肯定不会像今天这样疼爱自己、热爱生活。
  遇到烦心事或是想不通时,常常想起姥姥,想起她老人家,就没有想不通的事、没有过不去的坎。
  姥姥,谢谢您给了我柔软的时光,让我学会了疼爱自己、热爱生活。倘若生命中没有遇到您,我真的无法想象今天的自己。

母亲和树

记得母亲最爱说的话就是，人呀，活成树就好了。

母亲总爱拿树说人论事。在母亲的眼里，树是那么神奇，神奇到我们都应该当神灵般供着奉着。

我家茅坑边有棵杨树，打我记事起就很粗很高大了。它似乎浑身憋着使不完的劲儿，一个劲儿猛长。不等我上小学，它身上的皮儿都爆裂开了。每次看到它时我就想，该不是它心里的热情太高，长得太快太快了，以至于皮儿赶不上里面的速度？

一次，母亲拍着杨树身说话了，那会儿她旁边只有一个正闹肚子的我。

"这树呀，它肯定在寻思：把我栽到哪儿是人的事，长得好坏是我自家的事。——人呀，都像树就好了。"见我满脸不解，她又说了，"你看，又不是栽在院子里，栽在大门口，没人看没人理，还长得这么粗。这要是人的话，还不憋屈死了？你不懂，你太小了，大了就懂了。"

茅坑边的一棵臭树，也值得夸？我还是不解。

院子里有两棵树，也不知是谁在两棵树间绷了根粗铁丝，铁丝上穿满一节一节短小的竹筒，是用来晾晒衣服被褥的。我第一次帮母亲晾衣服的情形至今还记得：

踩着小板凳，胳膊高高举起，还是够不着，以至于没拧干的水顺着我的胳膊流进衣服里。"再想想办法。"母亲笑着鼓励我，"只要搭上去就行了。"于是，我使劲一甩，衣服就搭上铁丝了。

母亲也经常说院子里这两棵树，说时满脸都是敬畏。

"树就是皮实，铁丝勒得那么深，树汁流过就流过，继续长，皮实到摆脱不了铁丝越来越深的伤害照样长。搁在人身上，还不得破罐破摔了？"

也记得看《士兵突击》那会儿，媒体对许三多好评如潮，说他身上有可贵的精神，那就是"不放弃"。母亲的评论很简单很明了，"就像咱屋的树，不记疤只顾长"。

母亲也常指着门口那棵歪着长的树数落我，童年的斑斑劣迹就穿越岁月清晰起来。

小时候，一放学，我就如百米赛跑般飞奔至家门口，书包一扔，从台阶上往起一跳就攀住了树枝，而后就荡起秋千。当然是和对门的胖姐比了，她家的树本身就没我家的高大，站在地上，一抬手，就攀住了树枝，荡起来自然没气势。

时间长了，被母亲发现了，也被她骂过，可还是不放过那棵树，照旧荡，还越荡越高。母亲也就骂句"疯女子"，懒得搭理我了。时间长了，先是我攀扯的那一枝斜了下来，后来，整棵树看起来也歪了。

1990年高考失利，曾经一度，我很颓废，整天窝在家里羞于出门。母亲再次说起门口的树：

"树的性子多强：压弯了，就弯长；弄断了，从旁边再长。树不知道它遇上啥，遇上啥它都要长……人，就要学得像树一样皮实……"

记得当时母亲还说起巷子最西头的那个孤老婆婆，说她恓惶的境遇，说她就是像树一样的人。儿子还不到30岁说没就没了，儿媳改嫁了，撇下不到2岁的孙子；孙子好不容易拉扯到了18岁，争气得要去上大学了，出去玩玩放松一下，想游泳，就再也没有从水里上来。多少年了？那婆婆现在精神不也很好？她是想通了，命里注定没人陪她，就得自家好好活。这人呀，谁也不知道自家会碰上啥事情，碰上了，就得熬过去……

　　母亲爱拿树说事，慢慢地，我也学会了看着树思考，以至于在母亲已经走了的今天，我依旧喜欢用树的方式诠释人世。

　　如果说，叶是树的子女，年年岁岁，成千上万的叶儿，一季飘落，归于尘土。岁岁年年，叶儿复绿复枯萎。一世的别离，我们尚且难以忍受，树们的心里，该不会被悲伤填满？

　　母亲离去了，纵然心里装满悲伤，我也得好好生活下去。

　　举目四望，到处可见树的身影，每一棵树下，都站着我的母亲。

有一种美丽是坚强

认识云，是在我刚装修完单元时，她收破烂，我正好要清理一些多余的物品。

整理、过秤，她做事很利索，只是右眼总是眯缝着似乎睁不开。看我瞅她的右眼，就很不在乎地解释道，出了点儿事，它就歇下了。

临走，她瞅着我的书柜，似乎犹豫了一下，说道："你要有书要卖，我给你算贵点儿。"我还没来得及吱声，她又解释道："我娃上初二，爱看书，买新书贵得很。"

我就找了几本文学故事书送给了她。

和云第二次见面已是三周后了。瓜果刚上市，她又蹬着三轮在小区门口卖水果。她倒没忘记我，一见面就说儿子很喜欢我送的书，硬塞给我几个香瓜，我过意不去，要给钱，她说什么也不收。

我寻思着有机会再碰到她的话，再给她孩子挑几本书看，我怎能白吃人家的东西？

一连好几周都没遇到，心里不免有些遗憾，不知云又干什么营生。

一天刚上楼，就看见我家门口的楼梯上坐着个男孩，旁边放个尼龙袋子。对门的亲戚？我正要打开房门，那男孩说话了，很腼腆的样子："姨，我妈说不能白拿你的书，这是我地里种的菜，让你尝尝。"

那孩子下楼时，我才发现他走路一瘸一拐，心里就有种怪怪的感觉。我喊住了孩子，问他妈最近干什么，才知道她又在附近的建筑工地找了份活儿干。

第二天中午没什么要紧事，我就拎了个西瓜转到建筑工地，找到了云。赶上休息，和云聊了一会儿，我才知道什么是"祸不单行"：

云在儿子的满月宴上才看到癫痫病发作的可怕，也才知道丈夫有癫痫病。哭过悔过骂过，云认命了。自己本身一只眼睛受损失明，儿子都有了，不好好过日子还能咋样？

云只能私下里给丈夫找偏方，慢慢治，或许有希望。

老人们都给她吃定心丸，说养娃娃快呀，三翻六坐七爬爬，十个月开口叫妈妈，眨眼，就大了。可儿子，六个月还不会翻身，十个月还坐不起来，倒是早早就开口见谁都会叫。云又开始四处跑着找大夫给儿子看病，好在儿子只在腿上落了点儿毛病。

也许是心情不好，丈夫发病的间隔越来越短，以致什么事也做不成了。生活的重担，就落在了云的身上。

云贩卖水果蔬菜，摆地摊卖小孩的衣服，甚至高高地挽起裤腿和男人们一起去建筑工地下苦力。有我们想不到的苦，却没有云没经历过的苦。

有些人，受苦太多，心也就被腌苦了，也就漠视别人的苦难。而云，却牢牢地记得不能白拿别人的东西，哪怕只是几本我已经不看了的书。

我常常想起云，在自己觉得很累很委屈以至于想撂担子时，想到云，我似乎就看到了人生的希望和美丽。

就在此刻，我想着云，敲击着键盘，突然就冒出个想法——有一种美丽是坚强，不是吗？

云真的是个美丽的女人。

爱与感激

东大街，一个十六七岁的男孩拿着麦克风在唱歌，前面是募捐箱，旁边的纸板上写着他有个不幸患了白血病的妹妹，急需治病的钱。

我从来不去想这种事是否真实，只是觉得自己还有帮助他人的能力。就像此刻，我欣赏了一首歌，变声期的大男孩略显沧桑又绝对动情的歌。即便没有凄惨的故事给他做背景，作为街头歌手，似乎每个字都是在情感里久浸后才打捞出来的，凄婉，深情。看，那时而紧闭的双目，拧在一起的眉头，凝重的神情，挥拳摆头，投入得忘我。这一切，作为一名业余歌手，难道不应该得到认可吗？

弯腰，俯身，我放进了10块钱。抬头，与感激的目光相遇，也听到了他从唇边轻轻滑出的"谢谢"，而后继续歌唱。

身后，歌声依旧，我已移步向西大街去了。

西大街广场围了好些人，走近，才看见中间是一对母子，席地而坐。孩子前面是很多裁好的红纸、砚台、毛笔。孩子没有手臂，一条腿扭曲在身后，一条腿能自如活动脚却几近肉球，仅有模糊的大拇指。母亲板着的脸上罩着愁苦，孩子倒是无风无浪的平静，抑或是接受后的坦然吧。

那孩子用嘴叼着笔，肉球般的赤脚将纸抚平。弯腰，俯身，前倾。于是，"爱""恩""家""情"这类温暖的字儿就这样汨汨地淌出，字们饱满，圆润，就那样安安静静又温柔无比地撞击着你心底最最柔软的部分。

又是弯腰，俯身，我轻轻地放进了自己的心疼与祝福。

"挑一个你喜欢的字吧。"那母亲开了口。

孩子是在有尊严地展示着艺术！我选了"爱"，因为我期盼小爱汇成大流，滋润温暖并守护着他，一路前行。那孩子呢，嘴里还叼着笔，无法开口，微笑着冲我点了一下头。

施与者是发自本心的良善，而不是傲气地"抛进"不屑地"撇下"；接受者的确心怀感激，而不是立马说出讨好的话语或卑微地叩头。

我喜欢这样的爱与感激：施与者不高高在上，被施与者也不卑微。

小小的善

我从不拒绝小小的善，用心收藏，或尽力去做。

老人一定要穿着长衫才肯出门做客。说是做客，其实老人连配角也算不上。老人在广场看各种活动时结识了一个同样来自乡下的老姊妹，老姊妹的孙子结婚，此前闲聊时多次邀请老人到时候一定要来参加。用老姊妹的话说，叫他们看看，我老婆子，在这个城里也有朋友。

很热很热的天，别人穿短袖还觉得热得受不了，老人却执意要穿长衫。被儿子逼问得实在不行了，老人才解释说："看我的胳膊，松松垮垮的，全是老年斑，谁看了都不舒服。挨着人家，人家随便一瞥，都影响吃饭的心情，就得遮住。"

看着85岁的老人，85岁没进过一天学堂不会写一个字的老人，我突然觉得，用善念加固心堤远比用知识点缀更重要。

暑期某天的黄昏，小城接近郊区的地方发生了一起交通事故。一位老人骑着自行车带着3岁的孙子兜风，一辆卡车飞驰而过。孙子被摔进冬青丛中，老人内出血当场就没了呼吸。

当时只有一个做路面保洁的大婶在场。她跑过去先抱起哇哇大哭的小孩，安慰他。当小孩问起爷爷时，大婶说："你爷爷睡着了,醒来就带你回去。"而后才小心翼翼地和孩子说话,询问出了一点儿信息。

面对突如其来的灾难,大婶的可敬在于避免用"死"这个残酷的事实惊吓孩子。

——所有带有人性光辉的举动,都滋生于善的土壤。

朋友说起孩子两岁时买棒棒糖的情形,至今仍是满脸幸福。孩子挑来挑去,最后竟然挑中柜台上放着的一个扁平的棒棒糖。店主说这个不行,坏了。孩子却显得很固执,说:"我就要这个,这个不是圆的——圆的不好看。"

孩子的固执让店主很为难。店主笑笑,拿起一个棒棒糖,放在地上,示意孩子看着,然后一脚踩上去,对孩子说:"瞧,就是这样叫人用臭脚踩扁的。"孩子这才不要了。

店主是很可爱的,因为坦诚而被我牢牢记住。

——坦诚的源头就是善!

高速公路服务站的洗手间。我正在洗手,一个老人靠近了我,神情显得很不好意思,她小声问:"娃,这里没有拉的,也没有按的,咋办?"我笑着说:"地上那个黑疙瘩,脚一踩,就冲下去了。"老人返回厕所间,我听到了水声。

没有清洁人员的监督,独立的厕所间,一走出去,谁也不能证明那是你制造的不方便。不会处理完全可以转身离开。可老人真的让我很感动。

——做好自己该做的,就是一种善。

菜摊上,当那个女孩子被告知二十一块八时,她显得有点尴尬。她说:"我只带了二十块,没想到会这么多。"在她犹豫着放下什么菜时,我递过去两块钱。不够买半碗饭的两块钱,却让她连说谢谢。

不拒绝收藏,竭力去做,善的细流,定将汇聚成爱的海洋。

奶奶的手推车

车身的油漆全部脱落，只是铁锈的灰黑色，四个轮子已没有了橡胶轮胎，仅剩下铁轱辘而已，推起来松松垮垮歪歪斜斜吱吱扭扭。

——这破破烂烂的手推车却是奶奶的宝贝疙瘩！

我三个月时，父亲病故，母亲带着姐姐走了，留下了我。奶奶总说我可怜，说我没吃多少奶，肚子里缺油水，是她用小米饭泡馍渣渣把我糊弄大的。奶奶要下地干活儿，带着我不方便，就用围巾揽在我的腰间，将我绑在院子里的苹果树下。她觉得那样安全又省事。可是有一次，奶奶一说起那一次，混浊的泪就止不住地流。

那一次，猪拱倒了破烂的猪圈，从后院跑到了前院。我的哭声唤来邻居大叔撬开了大门上的锁，我的手腕上至今还留有疤痕！

奶奶含泪卖了粮食，买下了这辆手推车，我就再也不曾离开过她的视线。每每提起我的童年，奶奶就长叹一声，说："跟着我，热也罢，冷也罢，奶奶看着你，心里才踏实。我娃小时没享福，长大了就有享不完的福！"

奶奶说我小时候很乖很乖，她编个麦笼子，装只蚂蚱，我就乐呵呵地玩一天。我很少哭，总是冲她"咿咿呀呀"地"说话"。她再苦再累，看着我的笑脸，就有了心劲。

奶奶说我小时候乖得让她心疼。还不会走路说话呀，别人一给个好吃的，就欢笑着屁股抬起老高往奶奶嘴里塞……

奶奶说她在手推车四角绑着竹竿，撑着油布，遮风挡雨还能御寒。她走到哪里，就把我推到哪里。

几年后，我六七岁了，正和伙伴玩着，就听奶奶"莲儿——莲儿——"地喊我。我必须回应一声的。奶奶总是隔一阵儿喊几声，好像我不在她眼前晃悠就会丢了似的。

记忆里，农忙时节，奶奶拉着架子车，我摆弄手推车，把玉米棒、红薯就搬回了家。奶奶还专门让铁匠大叔给我打了把小镰刀，我就自己推着手推车给猪割草……

奶奶常常心疼地边帮我擦汗边说，手推车跟着我的莲儿一起长呢。

我上学了，家里开销大了，原本身体就不好的奶奶年龄更大了，干不动体力活儿，地里的收成就没了保障。奶奶说，亲戚的资助是有限的，咱还得感激不尽，总觉得亏欠了人家。不行，咱婆孙俩要自个儿想办法过好日子。

于是奶奶推着手推车就上了街头……

废纸、易拉罐、可回收的塑料制品，在奶奶眼里，都是被别人抛弃的财富！

"奶奶，看，一毛钱！"刚开始，我很好奇地跟着奶奶捡，能白白地捡到钱，我满心都是高兴。

后来，我花钱越来越厉害，对挣钱的方式却越来越敏感，别说陪奶奶上街去捡，和同学走在街上，远远地瞧见她，我都借故避开！

奶奶一定就觉察到了：小小的县城，怎么会一年都不碰上一次？

"你嫌奶奶捡破烂丢人？"一天，吃过晚饭，我正在写作业，坐在一旁的奶奶开了口，"捡破烂，弄得奶奶脏不拉叽的，钱是干净的，你要好好学习！"

背对着奶奶，笔下没停地写着算着，泪水却从脸颊滑落……

奶奶！

越是天热得人不敢出门，奶奶越来精神：湿漉漉的毛巾往头上一顶，饮料瓶比往日捡得更多！

我跑到街上，迫不及待地告诉奶奶我的作文获奖的消息！

"好！好！就是好！"奶奶高兴地不知道该说啥，"走，奶奶今天给我娃改善一下！"

奶推着手推车和我来到"碧云天"门口。她先将自己身上的灰尘拍打干净，还帮我理了一下头发，才让服务生给我们打了一盆水送过来。奶奶笑着说："咱是捡破烂，可不能把咱自个儿捡成破烂了。——要收拾好，不要叫人看扁了！"

今天，奶奶还推着手推车走在大街上。她说，人就是个贱命，干活儿干活儿，干着才能活好！

奶奶就是用这辆手推车推着我一路走来，手推车收拢了阳光，属于我的日子便溢满了爱！

父亲的房子

作为女儿，从小，我就与冷面的父亲言语不多，开言动语也是非说不可时强迫自己以字、词的形式快速进行。随着年龄的增长，我竟越来越渴望与父亲谈心，然而，也只能在回忆中走近父亲——

父亲是个老实巴交的农民，用母亲的话说，"踢八脚都喘不出个响屁来"。说时母亲多少有些遗憾，五十年前，作为地主女儿的母亲，只是冲着父亲那顶贫农的帽子才勉强嫁给了他。

儿时最深刻的记忆就是——

父亲蹲在我家对面的粪堆上，吧嗒吧嗒地抽着自卷的旱烟，瞅着夹在两邻居高大门房间的我家低矮破旧的土门楼，嘀咕着，"就是高，高，高出一大截"，而后就背着手低着头，慢吞吞地挪回家。

父亲和母亲说得最多的，就是人家体面的门房和我家破败的土楼的高与低。隐隐约约，我也听明白了：谁家门口的房子盖得高，福气就多，特别是紧挨着的，你的低就意味着福气让人家压住了——事不顺、家不兴、子女没出息。

我家院子本身就比邻居窄得多，加上人家高门大户，我家的小土门楼越发显得瘦小萎缩，确实很难看！

"盖房！"父亲在对面粪堆上常常一蹲就是大半天，似乎他那样瞅着就能将我家的门楼抬高一截，一进门见谁都是两个字——"盖房"。

父亲在砖瓦窑上倒砖坯，每晚睡觉前，他都拿着磨脚石用力地磨着脚板，沙子、土就落下好多。我有时就纳闷：我的脚垫个啥东西都硌得难受，他咋用石头使劲磨都没感觉？

整整一年多，工钱折算成了砖瓦。

"门房起来了一半！"摸着门口堆起的砖瓦，父亲的每一道皱纹里都流淌着笑！

三年后，盖房的料才基本备齐。我总忘不了盖房时的情形——

我半夜起来解手。月光下，父亲在踩着泥巴——粉碎了的麦秸撒在土里和上水，用脚均匀地踩，供次日泥活儿用。月光下，父亲光着膀子，高挽着裤腿在泥里踩着。汗珠儿是从头上、脸上往下淌，还是从全身每个毛孔往外冒？汗珠儿将父亲整个人儿打扮得亮堂堂的，又没人引他逗他，父亲的笑随着汗珠儿抖落一地！

没时间休息，父亲嘴上全是火烧火燎的毒泡泡，母亲劝他歇一会儿。"房子盖好了，日子就好过了。"父亲说啥也不歇。

最让父亲伤脑筋的也正是父亲一定要盖房的初衷：十二分地想高出两边邻居，又觉得自己家底薄日子原本不如人家，只是空撑着高高的门房怕人笑话"穷折腾"——高过人家是不是有点过分？

盖房的那一段日子里，每天晚上，父亲总和母亲商量房顶高低的事。

结果呢，远看，和左邻右舍没什么高低差别，近看细比，还真的就高出那么一点儿。亲戚们来了都数说父亲：挣断筋地盖了一场，咋弄了个"立不起圪蹴不下"——多难受。

"高了，就是高了，高了就行了。"父亲搓着手，一脸满足，"等将来日子真的过到人前头了,再盖高点儿。"

左边邻居李叔家没见准备次年就动工了。别说门房,连厦房地基都升高了一截,以至于遮住了我家院子的光线——大白天都显得"暗无天日"。

右边邻居也盖起来了。

前后不到两年,我家又被夹在中间,低矮拥挤。

父亲常常站在大白天也没有太阳影子的狭窄的院子里,盯着两边高门房一看就是大半天。"就是要高,哪怕一砖!"在自家院子里,父亲都是压低声音说话,是怕风儿将他的话吹过墙去,还是……

"大,其实房子高低根本没啥意思,"我试探着和父亲交流,"你看,咱家房子不高,娃娃也都考上了。"

父亲停了一会儿,说:"房子一定要盖的,考上大学路还长着哩。我没把日子过好,不能影响到你们!"

我们每次回家,都给父母留钱,可每次回家,菜没两样,衣服也不添一件,有病还总是扛着不看。

——父亲还在为盖房攒钱?

祖母过世时,我们每人拿出五千元,父亲断然拒绝:"埋我娘是我的事,不要你们操心,把自家的日子过好就行了。"

我们在城里买房时,父亲每人都给了一份,钱是不多,可拿着它,我们心里都是沉甸甸的!

父亲说,咱明年盖房,钱,我都准备得差不多了。

我有时就是不明白,父亲一生,为何将自己的责任揽得那么清楚,不让任何人插手?

父亲,您总让儿女有话说不出,唯有泪千行!

倘若生命里不曾遇见您

已故去多年的姥姥是我生命里一直感念的人，我常常会情不自禁地想：倘若我的生命里不曾遇见她，缺失了那段有她陪伴的柔软时光，我会是什么样子？肯定不会像今天这样疼爱自己、热爱生活。

记忆里，姥姥总是满脸挂笑，似乎从来没有烦心事。她也不喜欢跟别人凑在一起说长道短，总是独自坐在小院里做着针线活儿。我曾靠在姥姥的怀里，仰着小脸蛋问她："姥姥，你咋不到外面跟人家一起谝闲传？"她疼爱地摸着我的小脸蛋说："傻丫头，话是越说越多，活儿是越做越少，过日子，得少说，多做。"

三十多年前，冬日的阳光下，靠着土墙根，我倚在姥姥怀里，她给我梳头发。姥姥会盘来绕去梳很多发型，每每姥姥给我梳了特好看的发型，我晚上睡觉都是趴着，害怕弄乱了头发。我自己也能感觉到，有着很好看的发型时的我，在谁面前都会表现得规规矩矩很是乖巧。

有一次，母亲走过来，很不耐烦地说："碎丫头就那几根黄草般的破头发，梳啥意思？糟蹋时间哩。"

"我从没觉得给我凌儿梳头是糟蹋时间，娃娃收拾得利利索索，好看漂亮，才知道啥叫美、啥叫好，自然就爱美爱好了。是不是，凌儿？"

姥姥低头问我时，我很有劲地像鸡啄米般点着头，倒像给姥姥承诺般，不会辜负她梳的漂亮头发。

多年后，我常常想起姥姥的这番话，才意识到姥姥是多么了不起的老师啊：她先让我看到很美很美的自己，我便欢快地很亲密地与之相拥，一直朝着她希望的美的好的方向奔跑。

也记得姥姥曾劝说我那脾性暴躁常常伤人伤己的父亲，说你要学着容，而不是忍。能容了，心就宽展了，也不伤害自己；光知道忍，就觉得憋屈，心里就结疙瘩了。

直到今天，我依旧忘不了姥姥说给父亲的这些话。因为容而让自己的心胸变得宽广柔软，而不是因为忍使自己觉得压抑憋闷。

左邻右舍，路南村北，谁有事情想不通了，都喜欢找姥姥说道说道。那次，姥姥给人宽心的时候，我恰好在场。

你看，你心里欢喜了，眉里眼里都开了花，多好；你心里不高兴了，拧着眉绷着脸，多难受。不要记恨，恨是最累人的事……

那会儿，小小的我觉得姥姥说的话像花开一样，美好而芬芳。

遇到烦心事或是想不通时，常常想起姥姥，想起她老人家，就没有想不通的事、没有过不去的坎。

姥姥，谢谢您给了我柔软的时光，让我学会了疼爱自己、热爱生活。倘若生命中没有遇到您，我真的无法想象今天的自己。

我的师专

说真的,说起十八年前自己毕业的学校渭南师专,即使在今天,我也从来没有因为它的"不入流"而觉得脸红,倒常常一说就是"我的师专"。

渭南,是关中平原上的一座小城市,渭南师专就坐落在这座小城市东南方已进入郊区的绵延起伏的大塬之下。倘若自北而南漫步校园,会一直拾级而上,这是座依塬势起伏而建的学校。

简陋而报刊云集的中文阅览室很是狭长,空气似乎也不怎么畅通。可里面的我们,早去的有座位便如捡了天大的便宜般脸上洋溢着窃喜,晚到的没座位站着也尽是幸福。我呢,常常是带俩夹好咸菜的馒头和一瓶水,就可以不疲不倦地坐一天。

我忘不了,阅览室曾经冲击并考验了我的道德底线。

我习惯于边阅读边做读书笔记,大量的书写内容常常令我手指、手腕酸痛。每每写累了时,看着书刊上的那些需要我抄写的美文佳作,心儿就蠢蠢欲动。偷偷地撕下来的确很轻松,如若别人也有这样的想法,我又怎么可能看到好文章呢?

——心儿打个颠倒,抽身事外,也就看见了自己的狭隘。

晦暗却藏书颇多的图书借阅馆,也是我常去的地方。经常在此办公的是那个带着黑边大眼镜的年轻女老师，看上去身体不大好。据说是学校的子弟，这份工作恐怕是照顾性的安排。我应该是给她添麻烦较多的一个学生吧？至今回忆起来，留给我的，还是那位女老师的善解人意。

我对自己的要求很苛刻：从周一到周五，除了上课外，就是泡中文阅览室。另外，一周至少看文、史、哲方面三本书。那时，借阅馆的规定是一次最多只能借三本书。因为我的频频借阅，不苟言笑的她给了我赞许的微笑，便默许我四本五本也可以借阅，也不论我从借阅卡上查出什么书，她都会不厌其烦地转几圈甚至踩着凳子帮我找。她所做的这一切，我在借阅窗口外都是可以看见的。

——刻苦的学生能遇到善解人意的老师，不能不说是一种幸运。

实验楼是理科生们的舞台，我从没进去过。听化学系的一个老乡说，实验室里的管理员老师，在里面多是看书或擦拭、摆放仪器，静静的，就等着有兴趣的学生一展身手。

我的师专真是魅力无穷，连外面的人也愿意玉成在师专就读的学子们。瞧，走来一个拎着两个大黄旅行包的中年男子，他呀，是书贩子老赵。

听说老赵是从效益不错旱涝保收的国营单位辞了职，提着两个大黄旅行包做起了书贩子。老赵的书，全是正版名著，又都是半价。那年头，"打折"这个词语还没有进入生活，老赵就给清贫又喜欢读书的我们带来了许多快乐！

老赵自己更快乐，他幽默地说，挣钱多少是小事，俺是贩卖知识的，图个品位——俺是不是和知识一样的金贵？

如果说卖书真能为老赵带来些许效益的话，那他还从事一项纯粹体力劳作仅仅是为了方便我们的工作——义务进行图书交流。你不想保留《三国演义》了，想换本《水浒传》，他就帮忙着找人换书。

那时，隔一阵儿，我们就问："老赵几天没来了？"——老赵几乎等同于我们共同的亲戚！老赵曾说过："我就爱看娃娃们看书的样子。"

想起老赵，我就想起剑桥大学的旧书商台维。1896年，这位旧书商来到剑桥，摆了一个小书摊，从此一待就是四十年，直到1936年去世。剑桥的老师宿儒为了表扬他对剑桥的贡献，共同为他举办了一场大型餐会，以台维先生为上宾。台维去世后，剑桥人为他出版了《剑桥的台维》一书。

老赵像台维一样可敬，他把卖书这件事做得庄严而伟大，以自己的力量播撒着文化。只是遗憾的是，我的师专却没有为这样一位默默奉献者撰文以正名。

推算一下，老赵大叔如今也怕六十多岁了，您过得可否康安？每一个帮助过我们的人，都应该铭记在心的。二十年后的今天，我只能以这种方式将您感谢！

曾到西北大学中文系找老乡玩，老乡恰巧没在，在等她回来的时间里，我和她的舍友一起谈论文学。

我完整地背诵着赫尔德对莎士比亚的评价"……有一个人使我心里浮现出这样一个庄严场面：高高地坐在一块岩石顶上！他脚下风暴雷雨交加，海在咆哮；但他的头部却被明朗的天空照耀着！那么，莎士比亚就是这样……"；我剖析塞万提斯的堂吉诃德如何落得四处碰壁，留下千古笑柄；我赞叹托尔斯泰改变了自己的贵族生活，根绝一切享乐，自己去锯木、煮汤、缝靴子，要用自己额上流着的汗来换取面包，并终身与文明的罪恶和谎言对抗；我说我永远都会以桑提亚哥的思想为行动指南，不是吗，"一个人并不是生来就给打败的，你尽可以消灭他，可就是打不败他"……

记得当时，面对我的侃侃而谈，她们惊奇地问我在哪所大学就读。当我响亮地说出"渭南师专"后，她们惊疑地瞪大了眼睛。

我的师专为什么就不可以走出因勤勉而让她欣慰的学生？我不是第一个，更不可能是最后一个。当然，自己走过的路，又怎能忘记？

　　起伏的南塬啊，不仅仅使我的师专舒适地躺在您的怀里，调皮的我，常常闯进您的心窝里挠痒痒，您感觉到我带给您的快乐了吗？

　　一毛钱的咸菜丝稀稀疏疏可以夹三个馍，装进塑料袋，外加一瓶水，我就顺势攀缘而上，闯进南塬深处。报纸一铺，盘腿而坐，摊开书，就实实在在地拥抱了我的快乐。有时，爬上树，倚在树杈间看书。除了有事外出，几乎所有的周末都是这样度过的，借阅的书籍也就是这样被消化的。

　　不过，南塬不只是我一个人的风水宝地，学生们三三两两的，点缀在南塬上，来者不拥挤，南塬也绝不寂寞。

　　记得有一次，我正在茂密的树杈间看书，一低头，才意识到自己遇上麻烦了：靠树身而坐的，竟然是我熟识的老乡婷，那个男孩看上去很腼腆。具体是哪个系的，当时的我并不知道。

　　问题似乎越来越严重：我不能发出一丁点儿声音不说，还不能活动一下身子，这些都是其次，我的沉默与坐功是出了名的。可是，有些生理需求不是以人的意志为转移的，我需要放松一下！

　　记得最后的结果是，帮人帮到底，送佛送上西天。我强忍着自己的痛苦玉成了老乡。这件事并没有结束，我突发奇想，以此写了篇爱情题材的小小说，换来二十块的稿费。

　　吃一堑长一智，从那以后，我再也不曾爬树读书了。

　　师专三年，南塬，给了我太多的快乐。冬日是向阳的山坡，夏天则是庇荫处，不算薄薄的那层报纸，真正的幕天席地，坐着倚着躺着，率性而为，好不舒服！

　　今天，我曾带过的学生仵琳将走向自己的大学。相对于人，条件并不是最重要的，不管在哪里，都要活出最精彩的自己。我给她讲过《送东阳马生序》，今天，又特意为她写了《我的师专》，都是可以带上开始大学生活的。

6

第六辑

读懂一株植物

  原来我一直都没有读懂苍耳。它看似没皮没脸地缠着人，其实是拜托人顺路把自己捎回家。有点小灾小病的，不出门不求人，它就可以让你安宁下来。而我，却一直讨厌苍耳，逃避苍耳。

  多少年了，记忆里的苍耳该不会委屈得泪流成河？

  读懂了一株植物，我用了多年的时间。读懂一件事，读懂一个人，又该用多长的时间？

草儿，草儿

　　一棵草儿，会不会有它的喜怒哀乐？

　　你在草儿旁边说着开心的事，那欢快的容颜是否会感染它？

　　你冲着它粲然一笑时，它那摇曳的身姿是否算是对你的回应？

　　微风细雨中，你可曾听到了草儿浅浅的笑？

　　你踩上去或一屁股坐下来草儿会疼吗？疼时的草儿也只能默默忍受吗？

　　你一把一把扯着草儿时它会愤怒吗？愤怒的草儿是否在抱怨命运的无常？

　　被踩成小路只留下枯茎的草儿，是否在羡慕别的草儿郁郁葱葱中被自卑包裹？

　　大树下低矮的草儿，是否后悔自己曾经的选择——大树挡住了狂风暴雨也挡住了阳光和雨露才使它如此孱弱？

　　当你随口说出"墙头草随风倒""贱如草芥"时，草儿是悲哀地低下了头还是无奈地扭转身子？

　　草儿是明白"疾风知劲草""一岁一枯荣"的道理，才将所有的坎坷当作对自己的考验？

　　草儿是坚信"每朵花都曾是草，每棵草也都会开出自己的花"，才活得那么坦然？

　　或许，草儿真的有自己的喜怒哀乐，只是我们自私得不去理会罢了。

一棵草儿割破了你的手指，是无意还是你曾踩伤过它的兄弟姐妹？

你快要滑落时抓住了一把救命的草儿，是因为它善的本性还是你曾呵护绿色感动了它们？

一棵草儿枯萎了，是为谁而心碎？

一棵草儿飘飞在风中，是为了梦想甘愿漂泊流浪以致献出生命？

似乎很少有一棵草儿被狂风拦腰吹断，不——从没有过！那么草儿就是以它特有的方式告诫我们"柔能克刚"？

"野火烧不尽，春风吹又生"未必是草儿的骄傲，或许，是草儿知道卑微就得坚强吧？

一棵草儿，安安静静地待在一个地方，是在等待前世或今生一个美丽的承诺，还是在看多变的我们是何等浅薄？

一丛草儿绿得出奇，飘舞中露出勃勃生机是因为它们解读出了"团结"的奥妙吗？

我们在说"草芥"时，那抖动着身子的草儿是否在轻蔑地嘲笑我们的自大？

草儿草儿，莫非，你是"听"多了我们的"喧闹"、"看"多了我们的"争纷"才那样平静？一定有棵草儿，一直静静地注视着从它身边走过跑过的每一个人，以至于觉得那种可笑的动物都在"舍本逐末"！

草儿草儿，清晨的露珠是你一晚忧伤的凝聚吗？朝阳下闪亮的一刹那，定是你希望的萌发——你一定在自己的世界里活得有滋又有味！

——这些人类的自私、消极甚或悲观的情感，草儿，也许压根儿不会拥有！

或许，正有一棵草儿，在嘲讽我写《草儿，草儿》本身就是"庸人自扰"？

读懂一株植物

小时候的我不愿意去地里有个很重要的原因，就是从田间地头走过时，衣服上总会粘上很多带刺的小球儿。虽然不会伤身子，可很是麻烦，出了地，得一个一个小心地摘下来，摘时稍微有点扎手。

地里咋会长那么讨厌的家伙？它的存在让我对跟着母亲下地干活儿产生了抵触情绪——我宁愿在家里跟着奶奶学着纳鞋垫，学着纺棉花，或者学着做种种烦琐的家务活儿也不情愿下地。

也记得小学四年级时语文老师让我们写《秋天的田野》，别的同学都在写田野的美丽，我竟是声讨万恶的小刺球。老师批了句"跑题了"。如今想来，秋天的田野，丰收的田野，我咋满心满眼都是不待见的小刺球？这不是盯着黑子否定太阳的幼稚行为吗？

多年以后。

假期里跟着老中医学抓中药，竟然又看到了它——烦人的小刺球，我惊呼并说出自己的纠结时，老中医看着我笑了，满脸宽容。

它叫苍耳。老中医很有耐心，就给我说道起来。

它的茎、皮制成的纤维可做麻绳、麻袋，根可以治疗高血压、痢疾、痛疽等，茎、叶能解毒杀虫、祛风散热，开的花可以治白癜顽癣，这刺球能散风湿、通鼻窍、止痛杀虫……

老中医说得很仔细，我也听得很明白：这个被童年的我极端讨厌的小家伙，无一处不造福于人！

原来我一直都没有读懂苍耳。它看似没皮没脸地缠着人，其实是拜托人顺路把自己捎回家。有点小灾小病的，不出门不求人，它就可以让你安宁下来。而我，却一直讨厌苍耳，逃避苍耳。

多少年了，记忆里的苍耳该不会委屈得泪流成河？

恍惚间，眼前的那堆苍耳，它们相互欢快地打闹着，还冲着我挤眉弄眼地说："长得再大都是个傻丫头，我们哪会委屈呢？你不懂我们还有别人啊。不是每个人都能理解你，难不成你就不好好生活了？"

读懂了一株植物，我用了多年的时间。读懂一件事，读懂一个人，又该用多长的时间？

母亲的疼惜

母亲已经故去多年，忆起她，挥之不去的，是她老人家满眼满心的疼惜。

我在树上摘苹果，母亲在树下一直不放心地唠叨着，"慢点""小心点""踩稳，别慌"……

她真啰唆呀，话比树上的果子还要多。我用手里的铁钩将最高的那枝钩弯了下来，刚准备摘时，母亲急急制止了："死女子，心多贪。不能摘完了，给雀雀儿留两个。"我极不情愿地噘着嘴巴，就是不放开那个枝儿。人都没得吃，还要给雀雀儿留，真是的。我期盼着母亲改变自己的想法。"你看，人家长得那么高，就是老天爷给雀雀儿准备的，就不该咱吃。下来吧，那不是你的。"

瞧瞧她的理由，多么荒唐！岂止荒唐，她简直就是个很糊涂的人，没原则的疼惜真的让人接受不了。

锄地时看到一只地老鼠跑过去，她都是那么欢喜，还夸长得多精神。在地里拔草时，连我也觉得她不像个正儿八经的庄稼人。有时候，她的手已经抓住草了还在感慨：

"看你，长得多壮实，山头谷底，哪里不让你长了？绿绿的，多好看！可你偏跑到庄稼地里来，拔你我不忍心，不拔你庄稼有意见。"

而后，她会叹息："唉——长对地方了，都是宝；待错地方了，都是草。"

母亲疼惜雀雀儿，疼惜草儿，更别说我们了。

我们兄妹比别人家的孩子似乎野得多。衣服，很快就脏了，破了。母亲从不怪怨我们磨破了袖子或摔烂了膝盖，她会剪个图案补上去。母亲常说的话是，"娃娃们跑开了，散坦了，也就长开了。"所以我们尽可以席地而坐，尽可以爬树上墙，像乡间的一株野草儿，在风里招展，在雨里沐浴，在阳光下欢跳。

父亲倒是想不开，老训斥我们，说我们害母亲受累。

母亲却帮衬着我们说话："这日子呀，顿顿红薯，红薯稀饭红薯面，红薯馍馍红薯菜，娃娃吃不好，再不叫娃娃心里舒坦点儿，日子过得多没味儿。"

或许就是为了让我们心里舒服点儿，母亲到哪里，见了人家的书，就想着给我们讨要回来。以至于多年以后，在老屋的房子里，我竟看到了自己小学时的日记本。问母亲时，她说，写了字的纸，也没地方用。我说你可以生炉子呀。母亲嗔怒道："有我娃写的字，咋舍得烧？看你那时候，写的字多好看。还有你哥的，都在呢。"母亲说这话时一脸骄傲。

母亲似乎又不仅仅是疼惜我们。好不容易包顿饺子，母亲盛上半碗，让我给巷子西头的五保户奶奶送去。再盛上半碗，让哥给巷子东头那个没大也没妈的傻孩子送去。我们噘着嘴巴闹情绪时，母亲就开导我们，说："老人呀，吃一顿就少一顿，你们娃娃家的好日子在后头哩。你们有妈疼有大爱，他哪里比得上你们啊，不要那么小气。"

仔细想想，在母亲眼里，似乎没有她不疼惜的。

多年后的今天，母亲已去了另一个世界，每每走在老家的巷子里，我的身上就落满了疼惜的目光——全是乡亲邻里对母亲的感念。

孩子，你的爱美丽了我的世界

在我已经做了十余年老师后，你成了我的学生，如此说来，我是可以称你为"孩子"的。然而在某些时候，你扮的角色却是"我的同龄人"甚至"长辈"，这真是一种很奇特又很真实的感觉。我便又不知道该如何称呼你了。好在我实实在在地比你年长二十岁，还是叫你"孩子"吧。

孩子，迄今为止，我没有以毕生的忠诚为承诺加入任何党派，除了相信自己双眼看到的真善美外，我从不笃信什么。然而，你的出现却让我坚信：做你的老师，是上帝赐予我的最为华美的礼物！

根植于记忆深处的事情是永远忘不了的：

教师节，你托人给我捎回一份礼物，一副相框。那时的你已经升入高中两年了。你在便条上留言："老师，您总是忙着照顾别人，没有时间看看自己。把您的照片放进去，放在您觉得最显眼的地方。老师，再忙再累，都别忘了疼爱自己！"

知道吗，孩子，读着你的留言，我鼻子一酸，有泪滑下：就在我为生活所累，忙得焦头烂额，迷失的太多太多时，你的话让我想起了已故的老母亲。她总是满脸焦虑地瞅着我匆忙的身影唠叨："好娃哩，你心再焦性再急，一天也是24小时，把你挣得不好了，世上再就没个'好你'了！"

你是我的学生，现在还被我称作"孩子"，可每每看到那张便条，温暖，不——，是"被人呵护"的幸福感就泛上心头：我是最幸福的老师，我被我的学生疼爱着！

高考结束后，你将去沿海旅游，你说"没有一个熟人相伴，权且当作锻炼自己"。我心里装满担心，一个女孩子家出门，总是让人放心不下。

终于，你回来了，你到家的当天就从QQ上给我发来旅途写的随笔见闻，你的好学与勤奋一直是我肯定的，你昔日勤奋的点点滴滴总是被我反复讲给你的学弟学妹们。

手机上的小饰物、精美的书签、别致的项链，是你给我带回来的礼物。手机上的小饰物，是一个小女孩给一个大女孩的朋友式馈赠；精美的书签，是偷着乐的书呆子们搜寻的嗜好；而别致的项链，则是你希望我在爱学生爱文学的同时，别忘了爱自己的叮咛。

——是闺中密友，是文友，抑或长辈？

孩子，你的礼物，又让我模糊了我们最初的师生关系。

当两个书呆子手牵着手相互照顾着穿越马路时，当你自豪地说用稿费请我吃夜市时，当我们一边喝着果啤一边很随意地聊着家里琐事时……孩子，我真的能将我们的关系定义为"师生"吗？

每每忆起，往事历历可见。你订了"每天给花圃浇水"，来惩戒小组里违反纪律的同学，你们小组各方面表现出奇得好。看着你们小组，我彻底明白了，温和的教育更容易流淌进心灵深处。孩子，这件事上，是你在给我暗示着一种很好的教育趋势。"弟子不必不如师"，说得真好，的确是这样的。

孩子，因为有你和关于你的记忆，我的教学生涯便芬芳四溢，我的世界也因此更为美丽。

败给了"没意思"

很多时候，我们都败给了看似没意思的小事情。

我所在的这条小街东西两边有很多小商店，卖的也都是日用小百货，物品的种类、价格相差无几。只是很多人都喜欢进东面中间的"客悦"商店，进去后质量、价格一概不问，直接拿东西付钱。

那家小店跟别的店唯一不同的，是店门口的台阶上摆着好些花。花盆呢，多是废品利用：不是破了沿儿的塑料盆，就是白色泡沫箱子，还有食用油的塑料桶剪去上半部分等，反正没正儿八经的花盆。花儿自然也不名贵，吊兰、擎天、绣球花、铺盆草等，都是剪一枝插入就可成活的。

爱花的人，一定是心地柔软，如此接地气地养花，更是热爱生活，这样的人断然不会，也不忍用假货欺骗顾客的。这是我自己进店买东西的理由，似乎没有道理也不合逻辑。这样想的人一定不会只有我一个——小店生意的红火就是力证！

二

  第一次开着小货车跟着后勤处的老王去买扫帚。

  进了南关市场，两排都是卖扫帚、簸箕的，老王看都不看，一直往前走。走到尽头，他却说："可能她今天有事没来，明天再来看。"我就纳闷了，是买扫帚有技术含量还是他想照顾自己熟人的生意？

  第二天再陪他前去，才发现他要买的扫帚跟别的还真不一样：扫帚把用布缠得瓷瓷实实，扫起来不扎手。扫帚很多，缠的布颜色、质地也不相同，看得出都是旧布料，可的确给使用者带来了方便。我们先买了半学期的，一个班发5把，50个班。

  事情是小，可用心如此，她的生意能不好吗？

三

  我所在的这条小街还有好几家面馆，我喜欢去较远的那家，却真的与量大味美无关。

  客人一掀开门帘，老板娘就会满脸是笑地打招呼，"来了，赶紧坐"，那殷勤样，好像客人都是她家金贵的亲戚。要调味了，她会不厌其烦地问客人："有忌口的没？辣子、醋放多少？"

  附近面馆虽然不少，可这家并不高档的面馆，生意就是好。

  很多人在很多时候，都败给了"没意思"——很多没意思其实都很有意思。

照相

一天，春草风一般地从家里跑出来，她看看旁边没别的人，就从兜里掏出一张纸片，很神秘地说，给你们看我的相片。

那纸片上真有一个春草，那个春草捧着个大苹果，咧着嘴巴——是在笑，可龇牙咧嘴的，一点儿也不像平日里那样散坦、好看。我们一群小伙伴，你扯我拉，都争着抢着看，以致那纸片给弄得皱皱巴巴的。春草后来摸着变皱了的纸片直掉眼泪，说她娘要是看到相片弄皱了，非揍她一顿不可。

我的脑子里第一次有了"相片"这个词儿，也才知道把自己变成这么一个平面纸片的过程叫"照相"。

我跑回家给娘说我见到春草的相片了，我也想照相。娘瞪了我一眼，说："照个相死贵死贵的，吃都吃不饱，还想照相？得是想挨揍了？"我立马闭了嘴，娘的厉害我是知道的，吐个唾沫是个钉，绝不是吓唬的。她说啥就是啥，连爹也不敢跟她理论。

我常常在大镜子前一站就是大半天，以致娘狠狠地拍了一下我的后脑勺训斥道："得是想把你贴到镜子上？"

对呀，把自己贴在镜子上不就是照的相吗？

于是偷来哥哥的钢笔，脸贴在镜子上，手估摸着顺着脸的轮廓画了个圈。再看着镜子前的自己，描着眼睛眉毛，画着鼻子嘴巴，还忘不了那颗眉心痣。

就这样，我给自己用镜子照了张相。虽然越看越难看，还是舍不得擦，在娘没发现前，喊来春草看我自个照的相，春草笑得直不起腰。

后来呀，我发现，给自己"照相"其实蛮简单的，随时都可以。

瞧——

娘让我舀瓢水，在水缸上一闪，就照了一张相。没事就趴在水缸上，给自己照相。我的小秘密还是被娘发现了，她揪着我的耳朵训斥道："死女子，哈喇子都掉缸里了。"

蹲在池塘边，做着各种各样的姿势，池塘里便有一个又一个活脱脱的我。那么清晰，那么调皮，比春草的相片好看多了。

下过雨后，到处都是积水，不用跑到池塘边就可以照相了：龇牙咧嘴地扮鬼脸，或是做着种种滑稽可笑的动作，每一个自己都是那么可爱。

遗憾的是，我的"水影相片"无法保存，人走相无。而下过雪，就不一样了。

眼前一片洁白。姿势摆好后扑倒在雪地上，小伙伴们小心地将我拉起来，雪地上就留下了一个我。反反复复，姿态各异，生动活泼，乐此不疲。

很长时间，我都陶醉在给自己照相的快乐里。直到1984年初中毕业，我才拥有了真正意义上的第一张相片。

如今忆起，竟然发现自己是"自拍"的鼻祖啊，不禁莞尔。

读树

我喜欢独自站立于某棵树下，手指摩挲着树干，读绿得发青或干涩开裂的树皮，读葱茏或稀疏的树冠，读出沧桑，读出沧桑中的隐忍，隐忍后的宁静……

一

这棵树，斜斜地长过去，树身几乎要压到四米远的另一棵树身上，村里人都叫它"歪把子树"，说时语气里尽是不屑。大人们训斥自家的小孩子时常常这样说：你再马马虎虎毛病不改，就成了歪把子树了。

这是三婶家门口的一棵树。听父辈说，三婶一家人特懒散，不爱理事，其实在树小的时候，栽个树桩绳子一绑，就可以"正形"的。三婶家门口长着歪把子树，三婶的三个儿子都因闲散不务正业而进进出出拘留所，这，怕也是大人"懒于"或"疏于"管理所致吧？

树，作为木料，可以折成钱，权当舍了点儿钱而已。可孩子呢？闲闲散散歪歪扭扭已成了大人的孩子呢？三婶三叔永远的遗憾，社会严重的危害！

二

这棵树上有道深深的疤痕，圆圆的疤痕已有碗口粗了。十年前，这棵树还只有拳头粗，一辆卡车急打方向盘时，撞断了一个大树枝，这棵树只有两个树杈，撞断的还是较粗点的。后来的一年多，这棵树都显得焉不拉叽的，我们大家都以为这棵树死定了！

而今，它依旧很挺拔，反倒周正多了。做木匠的叔父说，这树疤，才是最结实的木料。树受到伤害的部位，总是尽最大可能地汇聚养分以平复伤痛，所以总长得比别的地方粗壮、坚硬。

——树如睿智的河蚌，凝结出了自己伤痛的"珍珠"。我们人呢？挫折，未尝不是对我们的磨炼，应该在跌倒的地方积聚更多的力量，然后以更有力的姿态，向着更高层次迈进——历练之后，生命的质地将更加坚强！

三

这棵树，有三个人手拉手环抱那么粗，从地面到树身一米处有个大树洞。

二十年前的记忆里，也许就这么粗吧，我们常常爬进去玩耍，可容五六个小孩呢。八年前，有人烧麦茬，火势很大，烧到了路边的这棵树。我们都很遗憾，以为它肯定死了。第二年，也没看见一丝绿色，第三年，才有了点点绿意……而今，苍翠满身！

——也许是生命有着超乎想象的承受力，也许是它太眷恋这个美丽的地方吧？不放弃，才会有精彩！树且如此，人，还有什么坎坷不能跨越、苦难不能忍受？

还有这棵，那棵……

树，本身就是一个丰富的世界，每棵树，都在风中有自己的舞台，每棵树，都是一篇情感绵厚的华章！

我喜欢独自静静地读树，每棵树，都以它独特的形式为我诠释着人生的某种境遇及不同处理下的不同结果。在树的昭示下，我谨慎地踩稳了脚下的每一步！

怀念乡村

我的记忆总停留在多少年前的乡村：

我背着书包跑到地头，大喊一声，正在地中间弯腰锄地的母亲就抬起了头，也是扯着嗓子回应：钥匙就在门槛墩子上，馍在锅里馏着，菜在案板上。

我又撒腿往回跑。不多一会儿，我会用厨房里白生生的抹布包裹着夹好菜的馍，拎着一罐子水再次站在地头。自然会再次喊道：赶紧过来吃，我到学校了。

又是撒腿跑。

乡下的孩子，几乎都像我那般，学校、地里、家里地跑，到学校前顺便割半笼猪草也是常事。他们跑起来像一阵风，从不拖泥带水。

呵呵，那时，家家户户大门的钥匙放的地方既固定又不固定。固定的是都放在大门附近。不固定的是，有的挂在门里面，须从门缝里伸手进去摘下来；有的直接放在门里面的墩子上，弯腰取出；有的放在大门口的砖缝里，上面再压块砖……毫不夸张地说，只要你有时间，只要你愿意，你一定可以挨家挨户地找到各家的钥匙。

"李婶，借你两把锄头用用。"那边有人喊话了。

正在别人家门口聊天的李婶不挪腿只动嘴："你自家到屋里取去，啥在啥地方你比我还清楚。"

借锄头的人不接话也不分辩，就走了，不一会儿就扛着两把锄头过来了。

那时候好像没有"偷"这么一说吧？或者说，淳朴的乡民们有意避开了这个刺耳的字儿。

割猪草时，和几个伙伴攀上巷子东头张大妈家的果树，倒没吃几个，只是浪费了不少。记得母亲当时揪着我的耳朵把我拎到张大妈家。母亲生气地说："老婶，我给你把这双贱爪子拉过来了，你收拾收拾，看再害人不？"

张大妈冲着母亲嗔怒道："看娃细皮嫩肉的，招架得住你拧？"说话间就掰开了母亲的手，我的耳朵恢复了自由。

张大妈弯下腰边抚平我的衣领边对我说："好娃哩，你吃就吃，吃多少大妈都不嫌。糟蹋了，就可惜了。老天爷瞅见人糟蹋东西，就不高兴了，就不叫地里好好产东西了。"

生活在钢筋混凝土的城市里，我总是怀念乡村。只是，我怀念的，不是年轻人都已外出打工，地里一片荒芜的今天的乡村。我的乡村永远地存活在我的记忆里，那些点点滴滴的记忆，随着岁月的推移，竟是越来越生动。

第七辑

遗失的寒冷

　　一晃，三十年过去了，今天的我才尝试着触摸那段遗失寒冷的过程。
　　——是那刺骨的寒风吹走了我的寒冷？
　　——还是连续的雪天冻掉了我的寒冷？
　　——还是那场大雪不客气地冻掉我那脆弱的寒冷？
　　又或许是那一个一个漫长的冬天，一点一点吞噬了我的寒冷？

一个人的学校

没有人知道，少年曾有所独属自己的学校。多少年以后，他还对这所学校满怀感激。

少年的家在山里，距离另一座山里的中学五十多里。从家里到学校，他得奔走五个小时左右。少年没有同行者，方圆十多里就他们一家住户，少年唯一的玩伴是小他三岁的妹妹，五十多里的山路自然得他独自走了。

这条五十多里的山路，就是少年一个人的学校。

少年13岁，瘦瘦弱弱倒显得比实际年龄小得多。寂静的山间小路，少年时而爬上时而溜下，倒减少了一个人行走的枯燥。

其间有一条河，不深，却很宽。

冬天，河水结冰了。每每快到河边时，少年就起跑，而后"哧溜——"一下，就滑出去好远，飞的感觉，特爽。当然，偶尔也会摔倒，即使摔倒，少年响亮的笑声也会快乐地拍打着冰面。一个孩子因为孤单而张扬着的快乐，像一锅沸腾的水，能溅起浪花儿。

盛夏，三伏天，走上十几里，衣衫就汗渍渍地贴在身上，或许你会觉得黏得难受热得烦躁。可少年呢，却是满脸欢喜，每粒汗珠儿上晶莹闪烁的，都是快乐，那条河以它的清凉在前面召唤着少年。到了河边，少年脱掉鞋袜，先冲洗，再玩水，一个人照样玩得有滋有味。

就是这么一条河，把少年冬天的寒冷以及夏天的炎热，都推开好远好远。

只是在初春或者初冬，面对同样的一条河，少年就犯了愁。要过河，得脱掉鞋袜蹚水，赤脚站在河里，少年冻得浑身发抖，他只能咬紧牙关，小心翼翼而又尽可能快地蹚过去。上岸后胡乱擦一把，穿上鞋袜，为了逃避刺骨的冷，只得拼命奔跑。他知道，只有跑起来，才会将冰冷甩在身后。

少年也曾因此瞎想过：给了他快乐的是这条河，让他苦不堪言的也是这条河，莫非快乐与痛苦是孪生的？少年甚至由此推广开来，自己在这条五十多里的山路上很辛苦地来回奔跑，是不是就可以跑出幸福来？

独自走五十多里山路，对于一个13岁的瘦瘦小小的少年来说，不是一件容易的事，却是一件不得不做的事。

少年很矛盾：想哼不成调的歌，不敢，怕自己的歌声引来野兽伤害了自己；静静地走吧，爬上走下五十多里，寂寞得能睡着。少年就小声儿给自己说话，用自己的声音将包裹着自己的寂寞使劲推离开去，也算是自己给自己壮胆吧。

多年之后，已经长大成人的少年从来没有寂寞孤独的感觉，或许得感谢这五十多里的山路吧，它就是那样幽幽地不声不响而又彻彻底底地吞噬了少年的寂寞与孤独。

少年有时也会觉得特骄傲，拥有一条属于自己的路，五十多里，独属自己！

有时玩性起来了，少年就确定方向，试探着自己找捷径，攀爬，探险，有一次竟然在丝毫没有感觉中偏离了方向以致迷了路。好在遇到一位砍柴的老人，少年才重新找到了去学校的路。那次经历，让少年变得小心起来。他似乎有点明白了：那条山路兴许认识他，他也只占有了那条山路，可山不会轻易买他的账，他贸然打搅了山，就被山冷漠地拒绝。

少年懂得了分寸，知道了不能想当然地去做事似乎也是从那次被山惩戒之后。就是这么一条山路，无人陪伴的少年却走出了独属自己的味道来。

鹅毛般的大雪下起来就忘了停，从前天夜里开始，白天也一直下。少年一个晚上都没睡着，他担心明天如何走那五十多里的山路。

大雪快要没过膝盖，少年背上干粮，翻山越岭去上学。

大雪覆盖下，熟悉的山路消失了，少年很小心地识别着曾经熟悉的风景。没有了叶子的树们，似乎一下子变得很是相像，难以区分彼此。少年焦虑得只想吼上几声摔了干粮袋，当他明白了再焦虑也无济于事后，静下心来，继续慢慢识别。那次，少年赶到学校用了十小时，其间没有打开干粮袋吃东西。不是不饿，而是手冻得几乎不能弯曲，颤颤抖抖打不开绑的结，更害怕打开了，自己再绑不到一块儿。就那样，少年饿着，冷着，小心地辨认，机械地挪动，奇怪的是竟然没有畏惧——饥饿与寒冷将畏惧挤得无处可藏。

那一年，下雪的日子竟然很多，下起来还很大，就是那些大雪，将其他山沟里的好几个同学吓得缩在家里不再上学了。他们跟少年一样，多是独自从不同的山沟里往那座山里的学校赶。可少年没有被大雪吓退，他一直独自走在茫茫的大雪中，哪怕手上脚上都是来不及愈合的叠加着的冻疮。他顾不了那么多的疼痛，他只知道离开学校自己什么也学不到。

多年后，少年走出山里定居在城市，他常常想起年少时的那一场场大雪，还有那几个被大雪吓得缩在家里的同学。少年很庆幸，自己曾独自走了五十多里山路，让自己在年少时就明白：不得不走的路，就必须走下去，再孤独再凄冷都得坚持。人生没有白走的路，经历的所有的苦痛，都会以另一种温暖的形式向自己表示歉意。

少年背的干粮袋子里还有个罐头瓶，里面是红油辣子，自己一周的干粮就是凭着它的美味吞下肚子。其实少年不想带那么奢侈的辣子，家里都是醋和辣子，很少见到油星星的。可娘不同意，娘说："咱家没钱让你到灶上买菜吃，再不吃一点儿油，身子咋撑得住？"少年说学校外面就有菜地，摘几个辣子拔根葱，蘸着盐巴也吃得下。娘摆着手就是不同意，非得让少年带一瓶红油辣子不可。

少年拗不过娘，就同意了。

他记得娘给他泼红油辣子时妹妹馋馋的眼神，那热热的油激活了沉睡的辣椒面，散发出诱人的焦香味儿，以至于妹妹皱起鼻子使劲闻。所以少年每周回家时，瓶子里总有吃不完的红油辣子，让妹妹夹上热乎乎的馍馍解解馋。

那次少年实在太无聊了，看到山崖处有一树红亮亮的野果子。

兴许很甜吧？妹妹就爱吃甜东西，可惜家里很少有糖。

少年兴奋地攀缘过去，已经快接近了，却一脚踩空，手中扯的藤条也断了，少年滚落下去。

腿摔得出了血，脚脖子也崴了，少年疼得龇牙咧嘴。他一摸后背上的干粮袋，手上沾了红油辣子，罐头瓶子被摔破了！

少年一惊，继而用衣袖抹着泪，像个无助的小孩子。

其实少年也只是个13岁的孩子，只是他的坚强、他的独立使得我们忘了他的真实年龄，把他当成大人了。少年想到了妹妹在家门口伸长脖子等他回来的情形，想到妹妹迫不及待地打开他的布兜寻找罐头瓶子的欢喜，想到妹妹夸张地吃着夹着红油辣子的馍馍的神情，越想越不能原谅自己，从抽泣变成号啕大哭。

那一天，一瘸一跛的少年竟然觉得自己走得太快了。他害怕看见妹妹失望的眼神，他甚至愿意即使疼痛难忍也一直走下去。他

第一次觉得回家的山路并不长，带伤走路也不慢。

那次，少年窝在离家不远的土崖下，他想等着天黑了妹妹睡了再回家。终究没有等到天黑，被娘的喊声、妹妹的哭声从山崖下拉了出来。

妹妹捶打着他，骂他笨死了，说红油辣子哪能抵得过你要紧？

少年又哭了，他明白了连妹妹都明白的道理：啥再好都没有亲人好，在乎啥都不及在乎亲人。自己对家人，家人对自己，都很重要。

少年一直觉得，自己就是在山路上磕磕绊绊、爬上溜下的当儿长大的。

少年甚至觉得自己是最奢侈的，一个人拥有一所学校，那条五十多里的山路。在这所学校里，少年学到了很多很多，多到受益终身！

遗失的寒冷

三十年前，站在宿舍门口，看着那萌发出新芽儿的柳枝映在斑斑驳驳的墙面上的影子，我一边感慨着"春天总算来了"，一边告诉自己：在以后所有的冬天，我再也不会有寒冷的感觉了。

也正是那一年，13岁的我，遗失了寒冷。

一晃，三十年过去了，今天的我才尝试着触摸那段遗失寒冷的过程。

那一年，我升入初中，必须在学校住宿。褥子被子一捆，和一大布袋子红薯、糜面馍馍、玉米糕绑在一起，母亲帮我拎起来搭在肩上。背上是褥子被子，胸前是个大布袋子，后面重前面轻，我都有些把持不住自己的身子。母亲只是交代了句"不要贪吃好的，一顿蒸上两个红薯、一个糜面馍玉米糕就行了"，都不曾将我送到家门口，就转身忙自己的活计了。

走一走歇一歇，到了学校，喘了半天气才缓过神来。宿舍其实就是一面窄窄的窑洞，没有什么土炕、床之类的来区分铺床的地方与地面。有家长送的，家长就在最里面给自己的孩子收拾床铺，其他的孩子就跟着往里面挤着铺。

进入初中，我遭遇到的第一个问题是在铺床时发生的，让我隐隐地感觉到自己和别人是有所差异的。

别人都是先在地上铺一个厚厚的草垫子,上面再铺个毡子什么的,接下来才铺上褥子,褥子上面还有个布单子,说叫"护单",怕将褥子弄脏了。我呢,只带了褥子和被子,压根儿就没有其他的东西铺在地上,而褥子显然是不能直接铺在地上的。于是我就满学校找来了一些纸片,铺在地上,才开始铺褥子。结果是:我的床铺比两边的同学低下来一截,她们都觉得我不应该夹在中间。于是,我就自觉地挪到了最边上——门口。

一个多月后,进入了真正的秋天,天就彻底凉了下来。我才明白了为什么家长们都争着在最里面给自己的孩子铺床:不论谁,也不管是晚自习回来还是半夜上厕所,一开门,冷风就别无选择地锁定紧挨门的我为袭击的第一目标。

记忆里,初中三年的冬天,我睡觉没有脱过一次衣服。宿舍的地面本身就高低不平,加之我的褥子也不厚,穿着衣服躺在上面都觉得硌得生疼。我睡觉时特别小心,躺上去后,向左一滚,右面的被子就压在了身子下面,再向右一滚,左面的被子也压在了身子下面。这样一来,我身子下面就有了一层褥子两层被子了。如此想来,好像自己占了谁天大的便宜似的,睡觉都会偷着乐。

其实,别人不仅仅下面铺得厚,被子上面还压一层被子,既暖和了身子,第二天穿衣服时也不至于太凉。如今想来,我所谓的快乐,只是纯粹的阿 Q 精神罢了。

我的褥子几乎是直接挨着地面,地面很潮湿,褥子一揭起来,背面经常是湿漉漉的。只要有一丁点儿太阳的影子,我都会迫不及待地将褥子抱出去晾晾。我现在特别喜欢冬天的太阳,甚至会深情地看上半天,恐怕就源于那个寒冷的冬天,我对太阳的感激吧?

那时,在别人眼里,我是不是一个很可笑的女孩?跑到学校似乎就是为了等太阳出来晒被子。

冬天天冷,夜长,起夜的学生也多。门一拉一合,冷风就直吹过来。抗击了半天冰冷好不容易才入睡的我，常常被冷风吹醒。于是，为了躲避寒冷，我学会了将自己的头整个儿裹在被子里睡觉。

我从来没有给母亲提及此事，也没有提醒母亲给我多带一床被子。倒是母亲有些想不通，曾给父亲说："这娃书念的，成呆子了，炕中间烧得热乎乎的，她咋老想靠墙睡觉？"现在想来，那种奇怪的反应该不会是寒冷留下的恐惧症吧？

——是那刺骨的寒风吹走了我的寒冷？

记忆里，那年的冬天，下雪的日子似乎很多。我也清楚地记得当语文老师看着窗外纷飞的大雪吟诵"今冬麦盖三层被，来年枕着馒头睡"时，我的泪水悄然从眼角滑落。

在我，下雪天是最最难熬的日子，包括雪后的一段时间。不仅仅是褥子只能无奈地潮湿下去，更重要的是，我只有脚上一双布鞋，不像别的孩子，还有一双换着穿的鞋子或是能踩雨雪的黄胶鞋。

教室、饭堂、厕所，跑上几趟，布鞋的鞋底就湿了，一天下来，就湿透了。我就满教室找别人扔的纸片，厚厚地铺在鞋里。一两节课下来，又湿透了。取出来扔掉，再找纸片再铺进去，再应付一阵，如此反反复复。纸片也不是那么好找的，那时一个本子一毛钱，都是很节省地用。

雪后若有太阳，在别人吃饭时，我就留在教室里。因为饿是可以忍受的，入骨的冰凉却是我难以抵御的。等到教室里没人了，我就将凳子搬到外面，将鞋子脱下来，底朝上晒晒。我则盘腿坐在凳子上，搓揉着冰凉如石块的脚，让它暖和些。

再后来，我有些开窍了：找到塑料袋，撕开，铺在鞋底，再铺上纸，就好多了，也不用不停地换纸。有一句话我信，那就是"许多智慧来自人们对贫穷的应对"。

更多的时候，是等着鞋子自己慢慢变干。我甚至曾一度固执地认为，是我自己的身体暖和了脚，脚再暖和着鞋子，直至吸干鞋子里里外外所有的"水分",鞋底才会变干。

——还是连续的雪天冻掉了我的寒冷?

每个周三下午,我都必须自己跑着回家取下半周吃的红薯和糜面馍馍玉米糕。印象最深的一次,是下着大雪。

雪大风猛,我是抄小路往家里赶,有的地方雪没过了我的膝盖。很熟悉的小路也因大雪的覆盖变得陌生,以致我一脚踏下去摔进了雪里面——我把沟边当成了小路。从雪里爬出来,继续往回赶。记得我一推开房门,母亲愣住了,一个劲儿地说:"照一下镜子,看你成了啥样了,看你成了啥样了……"

父亲就倒了一碗热水端给我让我暖和暖和。我伸手去接,明明接住了,碗却摔在了地上,我的手指冻僵了!我走到镜子跟前,眼泪刷地流了下来:被雪弄湿了的头发,再在风的猛刮下,直直地向上竖着!

母亲拿着梳子赶过来给我收拾头发,才惊叫道"你的头发都结了冰"。我只说道,赶紧给我装吃的,我不想迟到。我背起装满干粮的布袋子,又赶往学校。

风还是那么猛,雪更大了。

我也说不清为什么,至今想起那个下午,我都会泪流不止,包括此刻。

一个13岁的小姑娘,从独自对抗过那场大雪后,她似乎再也没有畏惧过什么,包括寒冷!

接下来的两个冬天,似乎都一样,再也没有变出什么新花样折磨这个小姑娘。

——还是那场大雪不客气地冻掉我那脆弱的寒冷?

又或许是那一个一个漫长的冬天,一点一点吞噬了我的寒冷?

我只知道:在三十年前,我,遗失了我的寒冷。

半块馒头

三十多年前的关中农村，大伙的日子都不好过，做母亲最愁的，就是咋样才能哄饱那些总也填不饱、总在找东西吃的肚子。

在我家，麦面做的馒头只让 80 岁的姥姥吃。我们吃的，是用玉米面糜子面拍的糕饼。我们只有在吃完三个那样的糕饼后，才会得到半块馒头，这是母亲宣布、父亲点头的规定。有好几次，4 岁的小妹将手伸向姥姥的馒头，不是手被母亲狠狠打了一下，就是头被父亲敲了几筷子。

那时，姐妹中最年长的我，吃不完两块糕饼就已经很饱很饱了。可我们真的很想吃姥姥的馒头，麦面的味儿闻起来好香好香！

终于，我想出了个办法——

那天正在吃饭，我边说有点事边拿着第二块糕饼走出房子。到了后院，扬手一抛，糕饼便飞过了院墙。我又在后院转悠了一会儿，才装作完事的样子进了屋，拿起了第三块糕饼……

终于有机会吃馒头了，拿起那半块馒头，我竟然舍不得送进嘴里。妹妹们看着我，一脸羡慕。

"你家的糕饼还会飞呀？"邻居柱子叔叔说话间掀起门帘就进来了，手里捏着一块糕饼。

母亲当时就变了脸，不避外人，劈手就夺过我手里的半块馒头，骂道："死女子，造孽哩！吃不下去都往外扔了，撑成那样了还吃啥？"

为此，母亲罚我那天不准吃任何东西。

——我第一次明白，弄虚作假是解决不了实际问题的。

不弄虚作假就只有使劲吃完第三块糕饼了。一次，才吃了两块半，我的肚子已经滚圆滚圆的了。为了吃到那半块馒头，我在心里给自己加油。好不容易吃完了，在我的手伸向馒头时，母亲疑惑地看着我。

"我还没吃够。"我理直气壮地回答了她的目光。

半块馒头是吃到了。可没过多久，我就肚子疼得满地打滚。撑得实在受不了，直折腾了一夜。

——我真正懂得了，人要经得起诱惑，正确认识自己才不至于在得到的同时失去的更多。

我11岁了，沟里崖畔，爬上爬下，放羊割猪草。晃悠悠的，从池塘里就把水挑回来了。能劳动，身体舒展开了，胃口也开了，在我轻轻松松地吃完三块糕饼拿起半块馒头时，看着妹妹们的馋样，宛如看见了当年的自己。

——我心里亮堂起来：付出多少就会得到多少。属于你自己的，不用追不用逐，自然会飘然而至。

在几乎可以随心所欲的今天，我常常想起一些陈芝麻烂谷子的往事，如半块馒头的事儿。想起这些，我就踩稳了脚下的每一步。

假如我不幸失去做人的资格

儿子正看着梁晓声的《假如我是一匹马》，兴致很高地问我道："妈妈，如果你不幸失去做人的资格，只能做其他什么，你选择做什么呢？"

是呀，如果我不幸失去做人的资格，只能做其他什么，我会选择做什么呢？面对儿子那双渴望了解我内心世界的眼睛，我向他坦露了自己真实的想法。

如果有可能，妈妈想做一棵开花的树：年年花开花落，似乎年年都忍受着离别之痛，可年年都有新的希望从酝酿走向盛开！

做一棵开花的树，每朵花都是天使微笑的容颜，路人走过时仰起笑脸，盛开的花美丽了他们的心情。做一棵开花的树，每朵花都是调皮的飞舞着的精灵，孩子们挥动双手捕着捉着，快乐抖落一地。

对了，我的孩子，做一棵会移动的树，也是很开心的事情。妈妈是不是有些贪婪？

做一棵会移动的树，给田间地头辛劳耕耘的人送去阴凉，挥汗如雨的农人会感激我的善解人意。做一棵会移动的树，抖动的花枝会消除街头路边辛苦讨生活之人的寂寞，他们会因此绽露笑容。

孩子，如果我不幸失去做人的资格，只能做其他什么，也要像做好人般尽心尽力地做好其他什么。其实，妈妈之所以选择做一棵树，还缘于树坚韧的品质。你还记得吗，咱们家门前那棵树，曾在电闪雷鸣后被大风拦腰刮断，后来不是又发了新芽？

只要根在，只要没太伤根，依旧可以吐绿绽翠。这，就是树的顽强与坚韧。和树相比，我们人类的灾难能有多大，还有什么不能挺过来的？

所以，我的孩子，如果我不幸失去做人的资格，只能做其他什么，做一棵受过伤害布满疤痕的树也挺好——矗立在那儿，就是一面飘扬的旗帜！

做一棵受过伤害布满疤痕的树，受过伤害的人看见我似乎就看见了另一个她，她的手抚过我的疤痕，也就烫平了自己的伤痛。做一棵受过伤害布满疤痕的树，身处逆境的人们容易悲观乃至绝望，我的布满疤痕依旧挺立的身姿，足以给他们注入崛起的信心。

孩子，如果实在连树也做不成的话，妈妈就做一朵流浪的云吧，自由地俯视大地万物，然后，在一棵需要雨露的树顶毅然化作雨滴。

谢谢你，不再爱我

若干年后的今天，依旧能想起你离去的背影：干脆得让我怀疑是否与你牵过手，决绝得让我心痛不已……

——题记

我从来不吃羊肉泡馍，撕馍的粗鲁，碗大得粗俗，生蒜或糖蒜，都有股难闻的气味。别说自己吃，就是看一眼别人吃都觉得闹心。

可是，可是你爱吃，特爱吃，吃得舒服吃得酣畅。当我堕落到快乐地给你撕馍时，开始明白，"爱屋及乌"不是为难自己不是委曲求全而是无比快乐超级享受！

你不喜欢吃香菜，每次进饭店落座前，我都会提醒"都不要放香菜"，尽管我很喜欢香菜在舌尖的那种清淡味儿。

我才发现，没有改变不了的，只要心里有爱。

为了你，我欢欢喜喜地改变了多年的好恶。没有理由更无须借口，喜欢你喜欢的，迷恋你迷恋的，以为紧紧贴着你，自然会被你柔柔软软地放在心尖尖上。

你很随意地说："我看书时喜欢安静，又喜欢有人陪着。"我就捧起一本书，装模作样地翻开，而后缩进沙发里。你看的是书，满脸沉浸；我看的是你，满心甜蜜。

你偶尔说了一句，我不喜欢看太亮太艳的颜色，是不是未老先衰了？我转身就毫不客气地将自己很多喜爱的亮色衣服打包送了人，浅色淡色立马成了我的主打色，尽管我暗淡的肤色根本不适合浅淡色。

你撇嘴道，那谁的女朋友跟二百五一样，开口就自带喇叭。打那以后，我不再情不自禁，即使撒娇，都是细声细语。你不喜欢的，我绝对远离，哪怕像从自己身上割肉般的难受。

你在，连空气里都会弥漫着甜味儿。

一直坚信，这样甜甜蜜蜜的感觉会伴随我一生一世。一生一世，与相爱的人牵手而过，一生一世也太短了，倘若有来生，相遇、相识、相爱，所有相同的情节再次上演，也不觉乏味！

"我做啥决定你都赞成？"你这样问我时，我依旧挽着你的胳膊一脸傻笑地点着头，像鸡啄米般，"咱俩分开吧，我不想跟自己的影子没滋没味地待在一起。"

若干年后的今天，依旧能想起你离去的背影：干脆得让我怀疑是否与你牵过手，决绝得让我心痛不已……看着你离去的背影，我终于明白，一个连自己都不知疼爱的人，怎会得到别人的疼爱？

我不想说离开你的痛苦，我也没有成为人见人躲的祥林嫂。我衣着靓丽地站了起来，我的坦率与爽朗自然有喜欢的人，我从来都不是胸大无脑的女孩子，只是因为爱，将自己藏在了你的身后，甚至，化成了你的与光无关的影子。

谢谢你不再爱我，才让我明白，让一个人失去自我的爱，才最为可怕！曾经，为了你，我卑微到尘埃里，你却转身而去没有丝毫留恋；为了你，我忘却自己地付出，以致你看不见我跟我可怜的付出。

谢谢你不再爱我，失去了你的爱，我才明白，自己不贵为公主，永远都找不到王子，不论骑什么马的。

优雅地生活是种高贵

也不知是什么原因,她来到我们这个小镇,成了小镇上的媳妇。她是西安人。我第一次遇见并认识她是在 1994 年,那时,我刚分配到小镇的中学,而她,已经在小镇上生活了十多年了。

记忆里,她喜欢穿浅色衣服,且多是套装。衣领,总是那么平平展展,裤子的中缝,似乎特有劲地挺立着,头发一丝不乱地高高地盘在头上,任何时候遇见她,感觉都是收拾得妥妥帖帖像要出门走亲戚般。

"最会装门面了,穷讲究",这是周围人对她的评价。

这样的评价来自她家的日子并不怎么好。如今,这种死要面子活受罪的主儿多了,又有什么奇怪的?说句心里话,当时的我也像大多数人一样,表面上同她说说笑笑,其实打骨子里却瞧不起她——只会挥霍男人血汗钱的虚荣女人!

后来,我有事去了她家一趟,碰巧——

她正用两个玻璃瓶交替着在桌子上滚来滚去,桌子上是对折好的裤子。瓶子里装的是热水,她在熨烫衣服。

一个无论怎样的环境都不放弃美丽的女人,我不由得想接近她。

攀谈的时间长了,她留我吃饭,不是客套,而是拉着手一脸真诚。她先烧了半锅开水，碗筷铲子勺子都用开水烫了一遍，才开始做饭。饭后，又用开水将洗干净的炊具烫了一遍。我更惊讶了，问她顿顿做饭都这样，就不嫌麻烦？

"习惯了，不这样就过不了我的眼。"她笑着说，"穿衣吃饭都嫌麻烦的话，日子就没法过了。"

我对她更加另眼相看了：一个实实在在地活在自己想法里的女人！

她从不起高声，即使非和人理论不可时，也是心平气和地解释几句，你几乎看不出她和谁计较过。

——一个活在自己高度上的女人！

我离开小镇也已经十多年了，每当觉得自己的生活方式或者追求有所偏差时，就想起那个女人，一个人再怎么艰辛，还是应该守住自己的高度的。

老天爷可能是怕那个女人在我心灵深处太寂寞了吧，今年夏天，我又结识了一个人：白衬衫、白手套、皮鞋锃亮——与众不同的泥瓦匠！我感觉到自己看他时，似乎就像看手脚架，总得仰着头。

据别人说，每次出工上架，他都是那身打扮：白衬衫、白手套、皮鞋锃亮。"那是笨狗扎狼狗势。"工友们是如此不屑地评价他，"不就是瓦匠，还以为自己是城里吃闲饭的！"

可我知道，我碰到的是紧紧看护着"自己"的人！我观察了好多次，他每次从手脚架上下来时，除了白手套的手心部分有砖灰外，白衬衫上绝无一星半点的泥浆什么的，皮鞋依旧那么干净。而其他人，真的和他是没法相比的。

自然我也曾经很好奇地问过他，干吗这身打扮？他淡淡一笑道："没啥，我只是想知道自己脏到啥程度了。"

我知道，一个时刻看护着自己的人，是不会脏到哪里的！我也确信，时刻看护自己并活在自己的高度上的人是最幸福的——优雅地生活才是最本质的高贵！

有一种卑微蓄满爱

"赶紧走,赶紧走,都不叫你卖了还没皮没脸的。"一个骑在摩托车上的小伙子训斥着路边推着自行车卖水果的农村大婶。她讨好地看着小伙子说着"马上走,马上就走"。小伙子眉头一横,"还'马上','驴上'谁信?"她马上发誓道,谁不走就是猪,卖完这个人就走。

我心中不忍,笑道:"小伙子,看你把人家逼成啥了?"

小伙子不屑道:"她昨天还说,'谁明天来谁是猪',今天不照样来了?"

大婶似乎也有些不好意思,卖完了那个人,真的推着自行车走了。我趁着一路同行,借机和她搭讪。我说人家不允许就不要在那儿卖了,省得看城管的眉高眼低。

她笑了,笑容很是凄惨。先是一声长叹,而后开了口:"还不是图那儿人多,买菜时顺带买些水果。不是为了娃娃上学挣点儿钱,谁的脸不值钱呀?东西死贵,钱不经花。拿着钱像抓了一把雪,走不了几步就化了。挣钱难呀!"

和她分手时,我买了她的水果。看着她佝偻的、承载着失落的身影,我心里感觉很不好受。

或许，明天，她依旧会厚着脸皮来到这儿。就像她说的，买菜时顺带买点儿水果，那儿生意好做。明天，肯定还会有城管赶来不客气地训斥她，她依旧会说着好话，承诺着不愿意去做的事情。

这是毋庸置疑的，因为近几个月政府的主要工作就是为迎接文明城市的验收做准备。只是我一直弄不明白，干吗创建文明城市就必须死板地化整统一成东市卖菜、西市卖水果？

对如我一样的小人物——那个母亲，我能做的，就是遇见了，买些东西而已。

这是今天早晨发生的事，为了有条件向孩子表达自己的爱，这位母亲很辛苦、很卑微地挣着钱，以求那点儿钱能带给孩子更多的方便或舒适。一个"爱"字，又让我想到昨天发生的一件事。

昨天，朋友的孩子考上知名学校，宴请亲朋好友。和我同席并在我旁边的一个女人，引起了我的注意：

席间的常理是，上来一样菜，一席九个人，各有一份。粉蒸肉上来了，她拿起馍，夹了属于自己的一块，从兜里取出一个塑料袋，装了进去。见我看她，笑着解释道："我妈爱吃，我做了几次都不成功，拿回去叫我妈尝尝。"

其实她看上去确实很有修养，绝非贪占小便宜的人，却为了自己母亲吃上正宗的粉蒸肉，不惜遭人笑话。

看着她满脸不好意思的诚恳，我掰开一个馍，也夹了粉蒸肉，递给她："我不爱吃，也给阿姨带回去吧。"她推辞了一下，还是收下了。

——爱，就是这样，以世俗眼里的卑微流淌着。

第八辑

记住扔你到悬崖边的人

一路走来,你竟然觉得,自己最应该感谢的人,是那些将你扔到悬崖边上的人。那些曾经的伤害啊,是一层层台阶,一次次垫高了你;是一把把烈火,你浴火而重生。

那些扔你到悬崖边上的人啊,真的是你必须牢牢记住并深深感激的!

花开，需要时间

从小，在整条东大街，我就是个"名人"——

也许是不善言辞，也许是懒得解释，我习惯也喜欢用拳脚说话。自从进了初中的门，我妈不是用手戳着我的鼻梁骨就是拧着我那可怜的耳朵破口大骂，她总是在给班主任老师说尽好话央求继续"收留"我后就拎着东西跑别的同学家道歉。

其实，我早就明白了，我妈骂的不过是她自己而已。

"我把先人亏了，生了你这么一个丢人现眼的东西！"

"老天把眼瞎了，不给我儿子就算了，我又没做昧心事，为啥给我了这种货色？"

"……"

瞅着我妈一把鼻涕一把泪地骂着哭着，我是从不往心里去的：她骂她自己，为啥要让我陪着难过？

"你甭生气，男娃，懂事晚点儿，大器晚成嘛。"每每我妈数落谩骂我时，我爸总这样安慰她并示意我赶快离开。

哈哈，还"大器晚成"？亏我爸对我一直采取"牧羊式"教育，他要像我妈一样隔三岔五地被老师"请"去告知我的斑斑劣迹并因此而受训，早都被气裂了肝气破了肺！

一天，我和爸去姑婆家，碰到爸初中时的同学，我爸让我管他叫"张叔"。

"你儿子看起来多精明，哟——耳轮这么大呀，耳大有福嘛。"他拍拍我的肩说，"将来一定比你爸强多了。"

我爸一脸卑谦的笑，连说："是呀，是呀。"

我心里嘀咕着，傻样呀，如果你的耳朵是被你妈拧着扯着变大的，你就会知道耳大的过程本身就是一种痛苦。

分手后，我爸告诉我，张叔开了家公司，很有能耐的，表情中尽是羡慕。临了，我爸说："爸上学时家境不好，体质也差，穿得烂，学习也一般，同学看不起。外面工匠苦点累点爸不嫌，爸不想叫我娃受难过，学习是我娃的事，叫你吃好穿好才是爸的事。"

就是最后一句话，我转过身背对着他，鼻子有点酸。

我妈做河东狮吼状时，我扭着脖子瞪着眼；老师冷言冷语的讽刺泼溅过来，我昂着头一脸的宁死不屈；可是常常一撞见我爸，我只有低头避开的份儿了。

天热天冷，我妈懒得理会我的衣着。天冷了，她说，"你皮厚，冻不着"；天热了，她就说，"刀子刮你的脸都不变，还怕晒出油来"。她是不是等着我热死或冷死，自己就不再跟着我"风光"了？

提醒我该添减衣服甚至帮我找好放在床头的，是我爸。

"看，斌子长这么高了，有一米七吧？"不熟悉我脾性的大人很羡慕地对我爸妈说，"'斌'，习文又习武，多好！"

我妈总是嘴角一撇："高得戳破天顶屁用，还'习文习武'？正事不足、邪事有余！"

"该开花时就开花，该坐果时就坐果，斌子不是正长着嘛。"我爸安慰我妈的话就这么两三句，我都背熟了。不过，我永远都想象不出下一次我妈会怎么样地骂我、班主任老师会用什么样的话挖苦我。

在学校，谁若讨厌嫌弃我，哪怕只是从眼神里流露出一丁点儿，被我察觉到的话，我会想方设法地让他不得安生——捉弄人，我是最拿手的！

老师？不也是人么？我同样会气得他鼻子冒烟而无可奈何。

我会努力地扯着嗓子一下子扯到十万八千里地抢着胡乱回答问题，我们差生的理解力当然跟不上优等生，这能怪我吗？老师一见我，头就大了，还让同学们尽可能地别招惹我。

"春江水暖鸭先知……"教语文的"小老头儿"正声情并茂地解释着。

"报告，老师，"我声音响亮并高高地举起了手，"鸭和鹅的灵敏性有区别吗？为什么不是'鹅先知'而说'鸭先知'？"

"小老头儿"一下子愣在那里，半天才说："你比苏东坡还能呀？"

我得意地笑了，说："这是题画诗，人家画的是鸭，当然是'鸭先知'了。为什么不画鹅画鸭？惠崇当时就看见鸭浮在水面，就画了鸭——简单得跟'0'一样！"

我那几个哥们儿就附和起来，"就是这样""当然是这样"……

我喜欢看老师生气的模样：反正我已是裂了缝的破罐子，干脆破摔得了，也图个痛快。

刀光剑影的辱骂？

死猪还怕开水烫吗？

那节语文课，"小老头儿"没来，却进来一个真正的老头儿。

"小老头儿"是我对语文老师的"昵称"：不到40岁，秃顶，两鬓泛白，背微驼。我怀疑那是"气大伤身"的明证，天天眼里容不得一粒沙子愤世嫉俗义愤填膺能健康吗？还卖弄什么"素面朝天"，也不买个假发戴戴。我上课睡觉其他老师都高兴得恨不得作揖，唯有他，强迫我坐直，还得听讲做笔记——可恶！

真正的老头儿有五十多岁吧。他在讲《念奴娇·赤壁怀古》，滔滔不绝，兼之以手比画，恍惚间，仿佛是他创造了"谈笑间，强虏灰飞烟灭"的奇迹。我的确集中了十几分钟的精力，后来，就撑不住了，玩兴渐长……

"第一组东北角的那个同学！"老头儿开了口，我的目光正好迎上去，"就你，站起来！"

我慢腾腾地往起站，先故意撞倒了板凳，后又倒在同桌身上，起来了还歪着头摇来晃去——我节节课几乎都是站着上，早已练就了金刚不坏之身，老师飞溅的唾沫岂能奈何得了我，况且只是临时上一节课的老师？

老头儿可能是平生第一次遇到我这样的主吧，很生气地停下了讲课。瞧瞧，年纪一大把了，还是涵养不够。我们那些老师，我闹我的，他们讲他们的，井水不犯河水，大不了节节课我站着上就是了。"走，跟我转一圈！"老头儿竟然一把扯着我往外拉。

校门口对面正粉刷楼面。

"你不好好学习，没知识没技能，我给你找条谋生的路。"他指着吊在空中处理楼面的人说，"看那个人，在空中飘来荡去，辛苦不说，还很危险……"

——我爸，在空中粉刷楼面的是我爸！！

空中，绳子被固定在楼顶，木板两边悬挂着装着东西保持平衡的桶。我爸就坐在木板上，一手握着辊子或刷子干活儿，一个手臂紧紧地抱着绳子以保安全。风中，他一会儿远离楼面，一用力，又贴近露面。那飘荡的绳子被磨来磨去，看上去随时都有磨断的危险！

"都怪条件太好了。如果你的父亲就是那样谋生的，你就不会是这副吊儿郎当的模样了！"老头儿拍拍我的肩，"小伙子，就在这儿好好感受一下，我上课去了。"

我在学校门口站了半节课，没有站酸我的腿，却站疼了我的心！

我开始变得沉默，一下课就死皮赖脸地缠着同学问没听懂的问题……

十多年后的今天，因为文学，我在县城已小有名气了。

我爸没多少文化，却爱买报纸。买回家后，就在报纸上翻翻找找——找我的名儿。其实我发表的，多是在纯文学的报刊上，书摊上并不多。知道这事后，我每次就将样报样刊给父亲送去，看着我的名儿，笑容就在父亲脸上荡漾开来……

该开花时就开花，该结果时就结果。成长，需要过程。

我爸说得没错。

记住扔你到悬崖边的人

那些扔你到悬崖边的人,是你必须牢牢记住并深深感激的。

很小的时候,你连裤子都无法系牢,总是一副松松垮垮邋邋遢遢的样子,甚至,还拖着烦人的鼻涕。一次,当你凑过去想跟别的小朋友玩时,那个公主般骄傲的小伙伴不屑地白了你一眼,说:"我才不愿意跟裤子都提不起来还流鼻涕的笨蛋玩。"说话间,她就走开了。

"傻瓜才愿意跟邋遢鬼玩呢。"

"走喽——不跟讨厌鬼玩。"

当你流着泪抬起头时,发现只剩下孤零零的自己时,小伙伴们已跑去别处玩了。

那次真的伤害了你小小的自尊,你好几天都没开口跟别的小朋友说话。想到你以前总是叽叽喳喳地说个不停,竟然第一次有了羞愧的感觉——连裤子都提不起还拖着鼻涕,也不怕人笑话?

后来,你每次想靠近别人时,都会想到她厌恶的神情,都会下意识地收拾一下自己,以免惹人生厌被人拒绝。事实是,小伙伴们也接受了变得清清爽爽的你。

多年以后的今天,你一直很注意自己的外在形象。当然你也知道，注意自己的外在形象也是对别人的一种尊重。你觉得，自己真的应该感激当年那个小伙伴，若非她那么直白地当众说出对你的讨厌，让你有种很受伤的感觉，受伤，生疼，而后割舍。今天的你，兴许不会这般利索洁净而又有气质。

你去小镇上初中了，离开父母没人监督，你变得很贪玩，以致作业没完而被老师罚站在教室门口。下课了，也没被允许离开。

围了一些人，指指点点。

"长得那么丑，还有资格不好好学习？"这话竟然出自你们班那个很帅气的男生之口。你觉得不只是很刺耳，连脸皮都快被刺破了！

那以后很长一段时间，你都抬不起头，你觉得所有的目光里都有刺。你甚至入魔般地开始照镜子，越照越觉得镜子里的自己真的很丑很丑。

是的，自己真的很丑，"有资格不好好学习"吗？

你开始很努力地学习，你觉得自己真的没有资格不好好学习——长得这么丑已经对不起别人的眼睛了，再不好好学习不就成了杀伤力最大的武器？

你后来遥遥领先直至撞开重点大学的校门，真不是老师罚站的效果，而是"长得那么丑，还有资格不好好学习"那句话的刺激！

今天的你，有着很好的工作，也很舒适地生活着。有时，你会想，真该见见当年那个帅哥，若非他尖刻的话语，你绝不会成为今天的你！

那个人说，你是他的空气，没有你他会窒息而死。那个人说，当你走近他时，空气里都弥漫着甜甜的味儿。那个人说……

是的，相爱苦恋了六年，你偷偷学着做他喜欢吃的，你甚至悄悄跑到他的乡下老家。你觉得那个人就是你的未来、你的全部，守护着他就是守护着你全部的幸福。是的，他是你的全部，以至于你都忘了自己。

可有一天，他转身而去，那么决绝。你无法放手你心碎欲裂，他却说："你连自己都不爱，谁能爱你？"

这个伤口太大了，你几乎封闭了自己。后来，当你找到真正的爱情时，你笑了：没有白走的弯路，曾辜负了你的他，也是你成长的启动器。

……

一路走来，你竟然觉得，自己最应该感谢的人，是那些将你扔到悬崖边上的人。那些曾经的伤害啊，是一层层台阶，一次次垫高了你；是一把把烈火，你浴火而重生。

那些扔你到悬崖边上的人啊，真的是你必须牢牢记住并深深感激的！

青春的痛，让自卑绽放成花

青春时我们易感而脆弱。多年以后，青春结的痂脱落了，竟发现，疤痕如怒放的花。

——写在前面的话

"我准备上飞机了。"电话那端，琴的声音很平静。

"放心吧，我有空儿就回去看老人家。"

我知道，从那一刻起，琴就成了大洋彼岸的美籍华人了。

琴是我青春的依靠，还是我是琴青春的见证？青春的无羁与狂放，青春的热情与执着，青春的羞涩与萌动，青春的残酷与伤痛，都留在了心里。这些小小的欢喜或深深的疼痛，在时间里发酵，在空间里弥漫，蓬勃成弥天漫地之势。

琴是我高中时最最要好的朋友，她家在我们小县城最最偏远的山里。琴很勤勉，在班里很少说逗乐的闲话，即使课余，不是托着腮在想着什么，就是在写着算着，她刻苦是有目共睹的。从很偏僻的乡下来的琴，以努力换来全年级第一名。

每次考完试，在长长的红榜上，琴的名字总是光彩照人！那时是高一，没有文理分科，我的理科极差极差，一想到从未及格过的数理化，我的头就炸裂开了。学习那么好的琴，在我眼里，简直就是神仙。

是一种堕落还是一种放逐，我被理科无情地伤害的同时，却迷上了写东西，而且一发不可收拾地变为铅字。还办了一个"洞察"文学社，还搞了一个响亮的社训"洞察社会洞察人生"。记得班主任老师曾经戏谑道，你先把你的数理化号号脉，看问题出在哪里，等你考上大学了，再洞察社会洞察人生也不迟。

可琴很支持我，经常给我的文学社写稿子。琴将她整理好的数理化笔记拿给我看，给原本已经放弃了数理化的我讲练习题，她给我说没有学不会的，就看你是咋学的。

千军万马过独木桥般的高考，琴自然稳稳当当遥遥领先地过去了。而我，复习。

我复习的日子，每个月都接到琴的信，信里说着大学的美好，说得我恨不得马上考上。琴给我寄过一片枫叶，说是走在校园里，恰好落在她肩头的问候；琴给我寄过各种资料书，说你没考上不是你不会学习，是题型见得少，好好看看肯定受益很大；琴给我寄来在大学里照的很多照片，说你看多棒的图书大楼，好书多的是……

学不进去时看琴的信来鼓劲，疲倦不堪时看琴的信打起精神，沮丧绝望时看琴的信驱走心头的阴霾。

为了大学梦，我疏远了深爱的文学，迫使自己变成暂时的书呆子。我心疼地说给琴时，她说，关键时候，要学会舍弃，现在的离开，为了将来更好地拥抱。

琴的来信内容是一成不变的，无外乎大学生活的丰富与多彩，大学日子的快乐与美好。我开足马力废寝忘食以求跨进大学的门槛。一年后，我考进的是师范院校，我已心满意足，我清楚自己的实力。

一个假期，我前去看琴，看那所全国一流的学府。一进琴的宿舍，她就情绪很激动地喊了我一声，而后就扯着拥着我出了宿舍。

在学校花园一个无人前来的死角，琴拉着我坐了下来。一开口，竟声音哽咽，抹起眼泪。从她断断续续的讲述中，我知道了事情的原委：

别人的爸妈经常过来看孩子，一来就请全宿舍的人吃大餐。两次后，她知道自己的父母都没送自己上大学，更不可能请舍友吃饭。只要有家长来，她干脆躲了开去，一天不回宿舍⋯⋯

我揽着琴，我说："你还给我说大学多好你在大学里多快乐，你干吗要欺骗我？"

琴说："大学真的不错，没钱也不是我的错。"

大三那年，她们学校的博导去全国几所著名的大学进行学术交流，在全校选本科生、研究生、博士各一名随同。琴有幸成为那个唯一的本科生。

后来，琴考上了中国科学院的研究生；再后来，她经常在世界各地进行学术交流；再后来，与皮特相遇。

我给琴发了短信：青春的痛，让自卑绽放成花！

抬头，阳光真的很灿烂。我的心情一样灿烂，双手合拢，我为琴祈福！

把日子过响亮

本以为胜券在握,殊不知"后门"比"前门"更方便,——职称又没评上。好几天了,我依然难以露出笑容,心灵似乎也因此起了皱纹长满青苔。

"多么熟悉的声音,陪我多少年风和雨——"

歌声?女人的?虽不怎么圆润悦耳,倒是毫无遮掩的尽情尽兴。大清早,谁这么有雅兴?

出了胡同,才发现激情者原来是新摆摊卖早点的那个女人。

近了,看得更清楚了,她着了淡妆,弯眉、眼影、唇线,她俯身时,银色的珍珠样的项链垂下来,她在利索地擦着小方桌。似乎没注意到我,或者她一直不大理会别人的目光,"是你给我一个家,让我和你共同拥有它……"她依旧唱着。

我竟被这歌声深深地吸引住了——真情比美的音质更容易走进人的心灵!我静静地站在那里,看着她几乎是醉心于劳作的情态,一种异样的感觉在心里升腾……

"摆早点摊",这种在别人看来很卑微的事儿,也不曾影响到她灿烂的心情。一刹那,我突然意识到:是人在做事情,不能让事情塑造人!

我和这个一扫我心灵的阴霾的女人攀谈起来，才知道，她为了照顾瘫痪在床的爱人，早早办了病退，只有这种工作，时间全有自己做主。

"我也没啥经验，好好做着看看。事情顺不顺，不由咱自家，活得精神不精神，全凭咱自个做主。"她笑着说，"好过歹过，天天都得过，咱就要把日子过得响响亮亮！"

——把日子过得响响亮亮？我还是第一次听到把"过日子"和"响亮"联系在一起的。

我们可能在竭尽全力之后也丝毫无法左右事情的发展，可我们完全能左右的，是我们自己的心情。

——灿烂自己的心情，把日子过响亮！

一个卖早点的女人，舒展了我心灵的皱纹！

无翅，也要飞翔

"没有翅膀，心，也要飞翔，——没有什么可以束缚梦的翅膀！"
——安宁写在日记本上的话

那天，在中心公园，我觉得自己邂逅了"高雅"：

这是一个女孩的背影，她正和"李清照"对视着，我正好站在她的身后。她乌黑发亮的头发高高绾起后自然散开，如开屏的孔雀般，不，比开屏的孔雀还要美丽，翘起又呈下垂之势的头发还在微微颤动，美丽的"屏"后镶着天蓝色的纱带——似乎整个人儿都将融入湛蓝的天，脱俗欲飞的感觉！

我想近距离地感受这种魅力，就移步过去。

她膝盖上还放着一本书，和"李清照"手里捧的是同一本吗？她们在进行着心灵的交流？我装作走近"李清照"顺势转到她的面前，很随意地一瞥，我惊呆了：右半张脸上有深紫色的一大片！丑陋的夸张，夸张得骇人！

她的目光和我相遇，竟是一脸平和的笑。"吓着你了？"她又戏谑道，"我没想伤害你的眼睛，我妈见我是女孩，就怕人伤害我，"说到这里，她停住了，抬头仰望天空，"就给了我这个护身符，她就放心地走了。"有泪从她的眼角滑下。

这个女孩子，就是安宁。

安宁说:"真是怪事,碰到啥难事我都能受得了也都能挺过来,只是想到我妈就难受,难受的是我爸太苦太累了。"

"一起到前面走走。"我说服了自己,邀请一定孤独到了骨子里的她。

安宁站起来时,我更尴尬了:她的右臂高高凸起,左边倒像没有肩膀般手臂无力下垂——她还是个残疾人!

"又吓着你了!"安宁的笑很轻很淡,"没办法,我经常伤害别人的审美。"

我想安慰安宁,每个人都有或大或小的遗憾,我之所以戴茶色眼睛,就是因为有眼疾,两眼大小有差异——只是有些缺陷表面上可以暂时遮掩罢了。看着安宁那张虽不美丽然而很自信的脸,我觉得一切语言都是多余。

也许是同病相怜更具有亲和力吧,我和安宁成了朋友,礼拜天经常相约在中心公园的花树间谈心。后来的交往,我才真正了解了安宁。

安宁的母亲是十八年前被安宁的长相及身体状况吓跑的,留下父亲独自照顾只有三个月大的她。

安宁一提起父亲,就泪流满面——

"我从小很自卑,别说出门,连镜子都不敢照。非出门不可时,也是哭过闹过后被父亲硬往门外拉,跨出了门槛,我就紧紧拽着父亲的衣角,藏在他高大的身后。

"我爸说我的头发乌黑发亮像黑缎子,是天下最好的头发,给我梳好小辫子就强迫我照镜子。我不照,他就在家里墙壁上装了好多镜子,低头抬头都是。后来,我也发现自己的头发真的很不错,就开始喜欢梳头发,从镜子里照我的头发。

"我拒绝出门,任我哭着闹着抗议着,父亲总是一把拎起我,可怜无助的我就被迫暴露在众人如刺似芒交织着的目光里。他逼着我主动和别人打招呼,逼着我向陌生人求助,逼着我……我是叫'安宁',可我爸就是不让我安安宁宁地待在家里,总是想着法子折腾我。

"'像怪物一样，不待在家里，到处丢人现眼。'这样的话听得我耳朵都起了茧子，自己的形象本来就对不起观众，也就无所谓了。

"我爸说，他不能照顾我一辈子，可我得好好活一辈子，我就一定要学会喜欢自己，使自己快乐。

"我爸带我看舞蹈表演，他说：'你可能永远没机会跳舞，看别人跳舞想象着自己跟着如何跳，也是一件很美的事。'

"我爸带我到图书馆借书，他说：'这里有比你更痛苦的人，就因为比你更痛苦，才有了那么大的成就。'

"我爸带我登华山，他说：'山路磕磕绊绊是不好走，可只要你攀登，华山不是照样被你踩在脚下……'

"我总忘不了第一次和爸爸看彩虹的情形：

"'爸，快，彩虹！'我指着天边惊喜地喊道。天边，镶嵌着绚丽的彩虹。

"'宁宁，彩虹其实就是阳光。'爸爸拍了拍我的肩膀，'雨雾把阳光折射了，阳光就成了美丽的彩虹——彩虹就是受了挫折的阳光。'

"——彩虹就是受了雨雾伤害的阳光？伤害也可以美丽？

"'别害怕伤害，宁宁！'我可以感到爸爸身子的抖动，'伤害的确不能使你变得美丽，但那么多的经历，你已经变得很坚强了。'爸爸说这些话时一直看着彩虹，'爸爸不能陪你一辈子，最重要的是你要学会使自己快乐！'"

安宁看着我，微笑着，可我分明看到泪水在她的眼眶里打转。

"我爸说得对，快乐像影子，只要你迎着阳光奔跑，它就会紧紧跟着你随着你——离开了阳光，它就不存在了。"安宁脸上是女孩少有的坚毅，"我现在的最大的爱好就是聚拢阳光，书本中生活里那些感动、恩惠，都可以温暖我给我带来快乐。"

安宁说，上帝给每个人的美都是定量，美是生命的支点，外表不美丽的人，她的美就在言行或者心里。

安宁喜欢读书，喜欢静静地思考，安宁有太多的话已不满足于说给自己，写在日记中，写作，成了安宁飞翔的翅膀！

大师们的小可爱

大师们的小可爱，犹如一个个移动着的光斑，让他们不再高大成遥不可及，反倒折射出人性的温和。

米开朗琪罗的嫉妒

米开朗琪罗发现达·芬奇为佛罗伦萨国政厅画的壁画报酬是一万金币，而自己雕刻《大卫》的报酬只是四百金币。心中不平，决定也要画一幅壁画与达·芬奇较量。其间，米开朗琪罗被教皇召到了罗马，等他回来时，达·芬奇已因别的原因中止壁画远走他乡。

站在达·芬奇的壁画前，米开朗琪罗感到了稀世的伟大！

米开朗琪罗受邀接手主持圣彼得大教堂的修建工程，他很是别扭。这是曾很嫉妒自己的建筑师布拉曼特设计并主持修建的。他无法推辞又无法说服自己接受，就提出以改变布拉曼特的方案为接受条件。

当米开朗琪罗以挑剔的目光一遍遍审视布拉曼特的设计方案后，惊呼："谁想否认这么精彩的方案，一定是疯子！"

可以不服，可以挑战，甚至可以产生取而代之的心理，可一旦面对作品，只有公道的眼睛！这，就是米开朗琪罗，大师的嫉妒！

弗洛伊德的冲天牛气

卢西安·弗洛伊德是被誉为"20世纪毕加索之外的最伟大的艺术家"。女王伊丽莎白一直希望能够请其为自己画一幅画像。

王室人员赶到时，弗洛伊德正在为一个乡下村妇画画，头也没抬地说："我正忙着，女王实在想叫我画，就到我这儿来，我抽空给她画一张。"女王大驾光临时，弗洛伊德正在给一个穿着寒碜、满脸污垢的流浪汉作画。画家对女王说："您看，我很忙，等有时间了，再给您画吧。"

女王再次来到时，画家正在休息，画家淡淡地说："我正在休息，没时间给您作画，再等一段时间。"女王又一次来了，画家夹着画板正要出门，女王再次被拒绝……

女王一次次满心欢喜而来，一次次失望而去，6年，71次，却不曾如愿。

艺术因独立而可敬，不攀附权贵是弗洛伊德成就佳作的底色！

大师们的小可爱，让大师们弥散着人性的芬芳。

江小鱼的幸福生活

江小鱼整天都是乐呵呵的，一副大大咧咧没心没肺的嘻哈样。

"那家伙，幸福得超饱和。"说这话的人，多是咬牙切齿发着颤音，全是毫不掩饰的羡慕嫉妒恨。

"江小鱼，快乐点。流泪也没关系——谁会看到大江里一条小鱼的泪呢？"

江小鱼说这话时，没人听到，因为江小鱼是在心里说给自己的。只有江小鱼知道自己的快乐是多么的不靠谱，可江小鱼就是抓着快乐不松手，你能有辙？

"王婧"，是江小鱼从一出生用到小学二年级的名字。"张祺"是江小鱼成了单亲家庭的孩子后跟着妈妈用的名字——妈妈恨不得将负心的爸爸千刀万剐了，当然不会让她继续用那个姓，连他取的名字也废了。"刘幸"是妈妈觉得自己跟着姓刘的男人算是找到了幸福，想将自己幸福的感觉复制到江小鱼身上。"刘幸"只用了半年，又成了"张祺"。

"江小鱼"又是咋来的？

自己取的呗。

跟江小鱼关系最铁的是吕悦宁。一次，江小鱼很烦很烦，就偷偷买了瓶啤酒，约了吕悦宁来到迎宾大道上，盘腿坐在草坪上，举着瓶子，你一口我一嘴地喝了起来。

江小鱼拍着吕悦宁的肩膀说："小鱼儿真好，一年四季冷暖不论，游到哪里就快快乐乐地歇到哪里。"

吕悦宁一拍大腿，恍然大悟："对呀，谁见过小鱼儿流泪？没见过吧，都觉得小鱼儿是快乐的。"

"只有江河知道小鱼的忧伤，只有江河触摸过小鱼儿的泪水，可江河以沉默替小鱼儿掩饰了……"江小鱼说得自己稀里哗啦地淌泪，以至于抱着吕悦宁哭了起来。不知过了多久，吕悦宁喊了句"江小鱼，起来"，并伸出自己的手。吕悦宁唯一能做的，就是陪着江小鱼发愁或哭泣，而后一起换上笑脸。

"你叫我'江小鱼'？"江小鱼突然间一下子高兴起来，"对，我就叫江小鱼，游来游去甩掉忧愁的小鱼儿，快乐的小鱼儿。"

瞧，就这样，"张祺"消失了，"江小鱼"出现了。

江小鱼坚信：自己就是江中的一条小鱼，永远不会搁浅，永远不会厌倦，永远都是快快乐乐地游来游去。小鱼没有具体的家，可整条江哪里都是小鱼的家！小鱼没有忧伤，因为小鱼的记忆只有七秒。忧伤，痛苦，乃至绝望，只有七秒。七秒之后，就是重生！

江小鱼的课本、作业本，凡与她有关的的物物件件，必须标注名字的，都写着"江小鱼"三个霸气的字。是的，霸气。江小鱼写这三个字时，嘴巴弯成下弦月，一脸欢喜，好像一条被搁浅了很久的小鱼儿终于回到水中的感觉，全身每个毛孔都舒畅啊！

"张祺——"妈妈在喊她了，江小鱼立马从房子里窜了出来，甜甜脆脆地问妈妈啥事。

"江小鱼是谁啊，你咋老拿江小鱼的东西？"

江小鱼头一低，而后刘海儿一甩，说："我同桌，课桌乱得很，她拿我的，我拿她的，没事。"

江小鱼知道，家，不是说理的地方。江小鱼从来不在家里跟妈妈理论，只是温和地解释。要搁在外面，谁敢问"江小鱼是谁啊"，江小鱼一定会态度严肃地声明："江小鱼，就是本小姐。本小姐，就是江小鱼。——大江里一条最最快乐没有丝毫忧愁的小鱼儿。"

江小鱼喜欢画漫画，简单勾勒几笔，你扫描一眼，就知道是班里哪路神仙。江小鱼的课间十分钟就是漫画时间，她从不厚此薄彼，给每个同学都画。江小鱼的漫画很温馨，自然是谁都喜欢漫画里的自己。

班主任老师找江小鱼谈话了。江小鱼是那种稍加努力就可以考上大学的，老师不想给江小鱼和自己都留下遗憾。老师动之以情，晓之以理，给江小鱼描绘了求学的大好前程。

江小鱼画了班主任老师，也画了自己，还写了一段话：

"您说所有的小溪小河都应该奔向大海。可对那些距离大海原本就很遥远、自己又很细小的水流来说，附近不远处的一条大江就是它的大海。让它的生命壮大起来的，就是它的大海！每个人都有自己的大海，不是每片大海都贴着学习成绩的标签。"

班主任耸耸肩，摊开双手，从此江小鱼一路绿灯。

其实江小鱼对学习还是很上心的，别看她嘻嘻哈哈没心没肺的样子，是在心里拧着发条加着劲儿。江小鱼清楚：考大学虽然不是唯一的出路，不过啥出路都需要知识啊，学习是不能马虎的。

只是，江小鱼不愿意舍弃快乐，哪怕虚拟的，所以她得保持着满脸没心没肺的灿烂。至少，你看着，江小鱼是幸福的。

第九辑

不惊扰，就是尊重

  还记得跟儿子去成都的杜甫草堂，儿子游完后慨叹道，杜甫家里真有钱啊，这么大的院子，想住哪就住哪，咋还说"安得广厦千万间，大庇天下寒士俱欢颜"？咋还说"吾庐独破受冻死亦足"？儿子边看边摇头。
  ……
  我，无语。
  我们在使劲做大做辉煌的时候，理解杜甫了吗？我们非但不理解，定然也惊扰了他。

另一个"我"

　　我一直坚信，有另一个"我"的存在，而且时时刻刻与我如影相随。我经常看见那个"我"，这是一种很真实很强烈的感觉！

　　那个在街头拉着架子车叫卖红薯的女人，体形的胖瘦高矮，皮肤的黝黑，脸上写满烦躁，活脱脱的一个"我"。她怎么可能不是另一个"我"呢？！

　　记得上小学时，我们村一个年级有甲、乙两个班，九十多个学生。可快到初中毕业，就剩下四个了。我也快忍受不了上学的艰难，母亲当时是一脸的无所谓，她说："张家祖坟上就没冒青烟，大学也不是谁想考就能考上的，不上就趁早，不要京里没到还把州里耽搁了。"

　　正是母亲那句不屑的话，激怒了我，我还就是不相信，就要赌那口气，就要考上——祖坟不冒青烟，人就得有志气！

　　倘若没有当初那份倔强，我早已放任自己成为辍学大军中的一员，那么，此刻，满街卖红薯的，或许就会有我的身影。

　　我常常能够遇见那个"我"，不管她是在卖红薯还是在建筑工地上干活儿。每每那时，我就庆幸自己努力了一把，才得以相遇今日的我。

楼下那个天天絮絮叨叨向别人诉苦的大姐，她似乎被满腔愤恨冲击得几乎失去理智，诉说的欲望比祥林嫂还执着！不也是另一个"我"吗？

记得自己在很小的时候，就有强烈的倾诉愿望，总有想说的话憋在心头，憋得自己难受。可两个哥哥都在忙着他们的事，父母累得都没时间直起腰瞅我一眼，没有谁愿意和我交流。于是，我就开始写日记，在纸上写给自己，越写话越多，越写越想写，歪打正着，作文居然得到很大的提升。开始发表，慢慢地被转载，直到今天成为作协的一员，而不是一个用口表述的怨妇。

想想看，如若当初我没有选择适当的表达方式，一味地一吐为快，那么今天楼下的那位大姐，不就是另一个"我"吗？

假使当初那次不劳而获得逞，尝到了甜头，我一定会不断寻找机会，哪怕见缝插针，也会远离勤勉。那么今天那些时时、事事、处处都想躲奸溜滑的人中间，一定有一个"我"。

假使当初第一次谎言没有被母亲揭穿，借助谎言轻松了自己，便会再次撒谎。人的惰性是根深蒂固的，一旦成为习惯，破坏力定然是巨大的。那么今天那些做事马马虎虎随随便便的人群中，自然也会有另一个"我"。

……

如此想来，真是太可怕了，一不小心，我就可能有不同的品性与生活状态。

今天的我，不论干什么，脑海里会突然冒出另一个"我"：那个"我"似乎就在旁边冷冷地看着我，似乎就单单等着今天的我滑落下来与她合而为一！我真的很害怕成为另一个"我"，也就更加小心更加谨慎地走好脚下每一步。

享受梦想

我曾跟闺密说，我的梦想就是拥有一间独立的书房，一排排的书籍，当指尖轻轻滑过书脊时，那一定是最美的舞蹈。有了独立的书房，我一定会安安静静地坐在书房里，阅读，写作，绝不会到处乱窜挥霍时光。

我说时信誓旦旦，两眼放光，似乎已经与眼前拖拖拉拉的我决裂成了两个人。闺密只是笑着，不曾插一句话。临了，她才问我："干吗那么渴望有间书房？"我说："你看，一排排的书，暖暖的阳光，想想都是很美很美的。"

闺密依旧笑着，她说："一排排的书暖暖的阳光，图书馆靠窗的那排位置就可以享受到的。等有了书房才能用心读书的人，即使有了书房，也未必能用心读书。——太在乎条件了，未必是好事。"

"我的梦想呀，是在海边拥有一套别墅，带本书，坐在岩石上：浪花轻抚着脚丫子，海风徐徐吹来，偶尔传来海鸥的叫声。看书倦了累了，在沙滩上堆城堡，想想都能乐出声来。"闺密说时眼睛都幸福地眯成了一条缝儿，"我现在是没能力拥有海边别墅，或许多年后我还没能力拥有，可我每年都去海滨度几天假，完全像梦想中那样生活。"

"记住，不要把梦想推到遥不可及的地方。梦想，是用来享受的。"闺密走前给我留下这么一句话。

闺密的话让我心头一震：太在乎条件了，未必是好事？是的，一味地等条件，即使条件成熟了，也未必能马上进入状态。或许成熟了的条件太安逸了，反倒更不能用心用功了。

于是，在图书馆，我还真的找到了梦想：一排排的书，暖暖的阳光，坐在其中看书的我。虽然，它不仅仅属于我，可一点儿都不妨碍我享受的快乐。

现在的我，一杯红酒在手，幸福的感觉溢满心间。

为什么要考虑只有换套住房才有条件设计出酒柜的摆放？为什么要等到那个阔气的酒柜买进家里才可以惬意地喝上红酒？

梦想既然华美，不好好享受岂不可惜？

疼，依旧爱着

我时常想起大学时的同学晓栋。

就在刚才，给学生们说到亲情，又想起了他，自然就讲起他的事。讲着讲着，我泣不成声，惹得那些眼睛软的女生也泪水涟涟。

2010年暑假，大学毕业十八年，我第一次见到晓栋和他的家人。相见前，有同学专门给我提了醒，说见了晓栋的女儿不要问什么，那孩子有病。按理说打了预防针已经有了心理准备，可看到孩子的那一刻，我的失态还是掩饰不住：吃惊的神情却努力装着镇定，目光分明难以移开却不敢过问。

——他的女儿软软地瘫倒在沙发里，头无力地耷拉着。

此前我做了充分的估计：孩子的腿有些跛，或者胳膊弯曲不方便，甚至干脆头有点歪，却绝对没想到情况是如此糟糕——瘫痪！

我不忍直视不敢直视又不能不直视，作为第一次见面的阿姨，怎么可以做到无视孩子？怎么可能不问问孩子？可是我真的不知道该如何问她，又问她些什么。

附近好几个老同学都赶来了，我们准备去饭店。

"来，让爸爸背上可爱的小公主。"晓栋满脸是笑地走过去，还冲着女儿做了个鬼脸。

饭桌上，夫妇俩一人一边，给女儿夹着菜，又逐一介绍着我们这些叔叔阿姨。说他们夫妇那神情是享受，绝对没人会相信。可我从他们脸上看到的，就是泛滥着的笑。

饭后，晓栋的爱人照看着孩子在另一间房子里休息，我们在一起叙旧。我当时还是忍不住地说了句："晓栋，你们还可以再生一个的。"

晓栋没有丝毫尴尬，他说："我知道大家都在回避说孩子，其实大家最关心的，就是孩子。我不会再生的，真的不会。"

在晓栋的讲述中，我知道了他们两口子前多年曾带着孩子到处求医，在绝望中寻找希望，好不容易萌发的希望又被残酷的现实一次次击碎，他们心有不甘却不得不接受这个现实。

"我不能再生孩子，绝对不能！"晓栋说得很坚决，而他的理由也充分得让我们落泪：

"我不生二胎，是不敢生二胎，我不放心我自己。虽说手心手背都是肉，可第二个娃健健康康活活泼泼，我肯定会喜欢的。这个娃已经够倒霉了，我还能忍心叫娃心里再难受？我不敢生二胎，我怕我会偏心。

"我要真生了老二，健健康康的老二，对老二也是不公平的。我照顾我娃是心甘情愿，她妹或者她弟照顾她就未必是心甘情愿了。我们两口子走了，只能把老大留给老二照顾，我怎么忍心把自己的负担留给老二？"

我没有想到，晓栋竟是这样想的，连对想象中的老二，也是那么不忍，唯恐伤害。

有人就问："那将来咋办？你们老了，照顾不了娃了，娃咋办？"

晓栋淡淡地笑了："我不知道我娃能活多久，我才早早买了车带着她四处转转，尽可能让她开心。现在最重要的就是攒钱，将来我俩真的要走了，就提前把娃送到最好的养老院，不会叫我娃受一点儿苦的……"

晓栋说时，我一直沉默着，我被他的想法深深地震撼了，那该是何等纯粹的没有掺杂一丁点儿杂质的父爱！

我的同学晓栋，上大学时很腼腆的男孩，腼腆到同学四年很少主动和别人交流。成了父亲，却让我敬仰！

不惊扰，就是尊重

一文友喜欢古币，以他的理论，"你们陕西随便抓一把，都是古董啊"。我就给进城里的大姐说："你留意一下，看村里有啥麻钱之类的。"

两个月后回老家，大姐很是高兴。她说："三儿，你看，给你稍微找了一下，就找到了这么多。"大姐取出的玻璃瓶子里的确有些麻钱，却是锃亮的。见我脸上有困惑，大姐解释道："找到时都生锈了，我专门叫你姐夫找来砂纸好好打磨了好些天，才都弄得这么亮。"大姐是个很殷勤的人，给交代的事，只要能办到，绝对不会有一点儿遗憾的。

谢过大姐回城后将那几枚古币寄给了文友。他很是遗憾，说锈色才是古币最美的颜色。

于是这几枚古币的欣赏性因为大姐的殷勤而打了折扣。

不理解的殷勤，就是一种伤害。不惊扰才是尊重，尊重就不至于失去。

还记得跟儿子去成都的杜甫草堂，儿子游完后慨叹道，杜甫家里真有钱啊，这么大的院子，想住哪儿就住哪儿，咋还说"安得广厦千万间，大庇天下寒士俱欢颜"？咋还说"吾庐独破受冻死亦足"？儿子边看边摇头。

我解释，在草堂的基础上反反复复地扩建，才有了这么大的规模。

儿子瞪着眼睛说："那多没意思，就感觉不到杜甫身处草堂却心系苍生了。"

我们在使劲做大做辉煌的时候，理解杜甫了吗？我们非但不理解，定然也惊扰了他。谁说杜甫草堂不像那几枚可怜的古币？

德国的海德堡老城，迄今为止，大半坍塌，杂草滋生于墙壁与屋顶，昔日的金碧辉煌需要仔细寻找、揣度、感受才能依稀辨认。对于古迹，任其破残不加修复，本身就是一种深深的理解与尊重。

海德堡是什么？诚如席勒说过的，海德堡已不是海德堡。因为海德堡弥漫着一种氛围，聚集着一种精神。

理解，才不会惊扰，不惊扰就是尊重，就不会失去。

小心，别磕碰了善良

朋友逛超市时在一处货架上捡到一个小包。原地等了一会儿，没见有人回来找，急于找到失主的他就打开了包，里面有个钱包，在钱包里找到个证件，就赶到了商场的广播室。

匆匆赶来的失主看起来很是着急，钱包里有一千多块现金不说，还有几张卡！在失主一接过包就很利索地取出钱包的那一刻，朋友赶紧摆手，说"不客气，不客气，我不要"。失主没有接他的话茬，而是取出所有的老人头，当着朋友的面点了起来，还抽出几张在手里捻摸着判断真假，检查后确保没问题才想起该说声"谢谢"。

朋友说那一刻他觉得自己的脸滚烫滚烫的，直到给我转述完，依然显得很气愤："他妈的，再不丢人现眼了。拾到东西，要么昧，要么干脆扔掉！"

——那失主的行为伤害了朋友的心，冻结了他的善良！

看着朋友受伤的神情，我想起了几天前的一件事。

乘车去西安。车主嘴上说着"一路查得严，不让超载"的话，在小孩都得买票的情况下，还是超载。

坐在我前排的是一对母女，看穿着像乡下人。那个妈妈见过道里站了个姑娘,就对女儿说:"我娃跟妈挤一挤,叫那阿姨也坐下。"小姑娘很可爱,马上就贴着妈妈坐了过去。那个妈妈对站着的姑娘说:"你也坐下。"

那是个时髦而高傲的姑娘,她瞥了那女人一眼,站着没动不说还一脸轻蔑。见此情形,我赶紧站起来坐了过去,跟那个妈妈攀谈起来。

我一点儿都不遗憾自己的座位被一个行动更利索的小伙子占了去,我压根儿对那姑娘就没好感,我只是怕她的冷漠伤害了那对善良的母女。

在众人都漠然时,行善也需要勇气。善良的心既敏感又脆弱,更需要我们用心呵护才会持久地延续下去。

迁就，是种心安

我一直生活在迁就中，心甘情愿，甚至乐此不疲。

那女人简直不可理喻，张扬着的浅薄，夸张着的愚昧，的确在那一刻惹恼了我。我准备与她好好理论一番时，却瞥见了她身边的小女孩，小女孩满脸胆怯地紧紧地拽着那女人的衣角，眼睛里是遮掩不住的惊慌。

小女孩的眼睛让我冷静下来：如若与她理论，势必让她泼性大发，我实在不愿意让年幼的孩子看到自己妈妈泼妇骂街的粗俗。

不能惊吓了孩子，我便选择了迁就。是受了委屈，可是心安。

秤杆明显地翘着，小拇指还悄悄地压着秤杆，很蹩脚，我却没有挑明。呼呼的北风中，我穿着大衣，围巾裹得严严实实，戴着皮手套，还觉得冷。而她，穿着远不及我，脸上是冻疮，手背上纵横着皲裂的口子。

生活的艰辛赫然呈现在我眼前，我又怎能视而不见？她在严寒里为我提供了方便，我又怎忍心为难她？

为了那份同是女人的心疼，我选择了迁就。是吃了小亏，可是心安。

那个男孩公然在课堂上顶撞我，仅仅因为我给了他善意的提醒。一刹那，愤怒在心中燃烧，我皱起眉头，几乎失控！可他只是一个十五六岁的孩子，自己的孩子不也经常高喉咙大嗓门儿地跟自己理论？

成长是个过程，有些孩子，总需要付出时间乃至代价才能学会一点儿做人的道理。我控制了自己的情绪，下课后跟那孩子进行了掏心掏肺的交流。

为了另一位母亲的期盼，我选择了课堂上的迁就。看上去是有点丢面子，可是心安。

年老的父亲开始像小孩般固执，再怎么引导他都不明事理。只要他想干什么，就要马上去做，不容你考虑，更不接受你认为他不能做的任何理由。亲情是有期限的，最可怕的是，这个期限的失效期谁都不知道。

人生如枣核，他已经走近了那端，属于我们共同的岁月又有多少呢？只要他开心他高兴，我是欣然迁就老父亲的。

虽不能完全理解父亲，我还是选择了迁就。看上去不合情理，可是心安。

我的生活似乎离不开迁就，好像我从来没有自己的主意。只是，我还是愿意迁就，甚至，喜欢迁就。

第十辑

母爱，是一场又一场的辜负

　　拍打着母亲的灵柩，我不能原谅自己。就是那一刻，我突然想起了跪在外婆灵柩前的母亲——我们何以自私得如此相似？
　　莫非，母爱，真的就是一场又一场的辜负？
　　我捂住了自己的脸，可倔强憋屈的泪，还是从手指间滑落……

母爱，是一场又一场的辜负

是本闲书，随手一翻，蹦出一句"母爱，是一场又一场的辜负"。刺目，伤心。掩卷，潸然泪下。

是的，掏心掏肺地付出，不等转身就被辜负。不变的，是依旧执着的付出，即便转身落泪，还是笑着付出。这个一直被伤害的固执的人就是那个被称作"母亲"的人。

三十七八年前。大门口一溜排坐着三个小不点，就那么眼巴巴地等着巷子东头出现一个身影：拎着笼或者背个包，远远地就冲着我们挥手。

——除了外婆还会有谁？我们等的是笼里包里的好吃的。

记忆里，只要进了我家的门，外婆从不歇息。给我们裁剪缝制衣服，一张一张地贴袼褙，一双一双地纳鞋，一匹一匹地织布……外婆满眼都是活儿。也是后来我才知道，因为老给我家拿东西，舅妈一直跟外婆闹别扭，甚至吵架。因为老跑我家帮衬母亲干活儿，连舅舅也不给外婆好脸色。可外婆就是管不住自己的腿脚，老往我家跑。外婆家顿顿都是麦面馍馍，我家连红薯馍玉米糕都吃不饱，那时的我就是想不通，外婆咋不爱吃好的？

记忆里，没见过母亲照顾外婆，只有外婆忙不迭地为了我们吃饱穿暖而忙活的身影。我们长大了，事儿自然就更多了，母亲也就更忙了。

外婆病重时，赶上哥哥遇上车祸，母亲陪着他；外婆病危时，赶上姐姐在医院准备生产，母亲陪着她。是的，母亲牵着挂着永远放心不下的，总是她的孩子们：哪怕自己已苍颜白发，孩子们正身强力壮！

——母亲只能涕泗横流地拍打着外婆的灵柩，无法原谅自己的自私！

十多年前，我也做母亲了。贫血，又是剖腹产。

母亲不让我抱儿子，怕累着我；不让儿子跟我一起住，怕吵着我；甚至霸道到喂奶粉给他吃，说她女儿干瘦干瘦的，那小家伙咂的不是奶而是她女儿的血！

我跟母亲的战争就此拉开了序幕：我说，你多嫌我儿子；她说，你儿子累了我女儿。我说，我娃不要你管；她说，我才懒得管你娃我只想管好我娃。我说，好东西我娃吃了就行了；她说，你娃是娃我娃也是娃……

战争的结局只有一种——

我一把鼻涕一把泪地痛诉着母亲不疼爱我儿子的"斑斑劣迹"，而母亲只是小心地赔着笑不停地向我道歉，说"我错了还不行"，说"月子里不敢生气不敢哭，对身体不好"……

那家伙在省儿童医院住院时，已经半身不遂的母亲竟然雇了辆小车从乡下赶到省城。只是为了当面说句"我娃甭怕，有妈哩"，递给我她攒的三千块钱。

母亲病危时，我陪着那家伙输液，放心不下不忍走开。

昏迷了三天，母亲走了。我赶到时，母亲已经彻彻底底地走了。

拍打着母亲的灵柩，我不能原谅自己。就是那一刻，我突然想起了跪在外婆灵柩前的母亲——我们何以自私得如此相似？

莫非，母爱，真的就是一场又一场的辜负？

我捂住了自己的脸，可倔强憋屈的泪，还是从手指间滑落……

眼睛可以失明，爱不会迷路

叫他"花娃"，是因为儿时一次失火，烧了半个脸；叫他"瓜娃"，也因为……因为那次火灾损害了他的大脑，于是有人又叫他"花瓜瓜"。

"花瓜瓜"是高婶的小儿子。高婶看"花瓜瓜"时，不是摇头就是叹息，忧愁的目光缠着绕着就是扯不开。

别人都说，高婶是人心不足蛇吞象——好娃娃都让你生完了，别人还过不过日子？很不错了，"花瓜瓜"算添头了。

高婶的大儿子牛奔，恢复高考制度第一年我们镇唯一的大学生，而今已是清华园的博导了。

高婶依然叹息着，"花瓜瓜"43岁了，头发已经开始泛白了，还是光棍一个，天天傻傻地、殷勤地、围着他娘转。

"花瓜瓜"真是傻到极点：有次赶集回来，竟给高婶买了个幼儿园的小女孩才戴的塑料花发卡，还执意要给高婶戴上，高婶竟然笑眯眯地听任"花瓜瓜"在她头上瞎鼓弄。那次，我刚好路过。"看我妈好看不好看？"他还傻傻地问已经笑成一团的围观者。高婶拍打着"花瓜瓜"身上沾的浮土，替他把压进脖子的衣领翻出来，向围观的我们说："看我娃，就是爱我！"

冬日，一吃完饭，"花瓜瓜"就把老藤椅放在门口向阳处，再扶高婶出来坐下，又从家里取出一条毛毯，给高婶盖上四周围严实后，他就蹲在一旁看着巷子里来来往往的人傻笑。高婶常常摸着"花瓜瓜"的肩膀，一脸无奈的苦笑："门口眼界宽，我娃高兴就好！"

高婶中风后落下偏瘫的后遗症，手脚不便，偏偏又体大身重，消瘦的老伴儿除了做饭，啥忙也帮不上。高婶的起居生活，全靠"花瓜瓜"。

一个阴天，"花瓜瓜"在架子车四角撑起木棍，绷上塑料，拉起高婶就往镇里赶，只因为高婶想吃油糕。问"花瓜瓜"怎么不自己买回来给娘吃，他只说，热的好吃，我娘就在油糕锅边热乎乎地吃。

我曾疑惑过："花瓜瓜"呀，脑子也不知缺几根弦，又怎么会伺候病人？又怎么可能伺候好病人？事实上，我更纳闷："花瓜瓜"何以如电脑编入程序般，一反他"傻"的常态而有条不紊？照顾起高婶更像训练有素的专职人员？

——是不是脑子可以烧坏，爱永远不会迷路？

听母亲说，村里的老人都因为"花瓜瓜"而羡慕高婶——谁家的孩子能像他那样尽心照顾老人？连高婶自己都说过，我实实在在是享我"花瓜瓜"的福！

去年冬，很突然地，"花瓜瓜"的眼睛就看不见了。他哥还专门接他到北京治疗，诊断结果是儿时火灾的后遗症！

高婶的目光总是缠着绕着在院子里试探着摸索的"花瓜瓜"，眉头也就皱成了解不开的结！

听母亲说，跌跌撞撞的"花瓜瓜"嘴里喊着的还是：

"电壶、电壶呢？给我妈倒水喝。"

"要赶紧给我妈烧炕。"

"……"

已经需要别人来照顾的"花瓜瓜"还是摸摸索索地围着高婶转，心有余而力不足，总是越帮越忙。

——眼睛可以失明，爱绝不会迷路！

母亲的宝贝

哥们儿 H，干啥都没个长性，三天打鱼两天晒网。这是多年前的印象，近些年的 H 已今非昔比，是省内外有名的鉴石行家。

朋友们一起聚会，有人对 H 开了口，说金正恩取代奥巴马成了美国总统我们都想得通，你怎么就很突然地变了个彻头彻尾，我们还就是想不通。

H 笑了，说了一件事。

那次回家，正在院子里纳凉的老母亲一见他就喊："赶紧，快过来！"声音里是按捺不住的欢喜："妈给你藏了一个宝贝疙瘩！"H 说自己有些纳闷：母亲的娘家一直很穷，不会突然就有了什么金银古董；母亲似乎也没有上得了台面的阔亲戚，不会突然发迹。何来值钱的宝贝疙瘩？母亲很急切地把他拽进了房子里，指着靠墙的桌子说："你看，石头，怪石头！"他还没反应过来，母亲就唠叨起来了："我去你那儿看你收拾了那么多石头，就给你留意了，还就真的寻到了。"

"父亲也跟了进来，说你妈到山里拾柴火时发现的，十几里路，后面背着柴火前面抱着石头，硬是整回来了，把胳膊、手都磨烂了。"

桌子上是块石头，长得奇形怪状，到处都是棱角，颜色混杂。H说自己试着抱了一下，有二十多斤。

"真是好东西，妈，您真有眼力！"H说自己当时就是这么跟母亲说的。其实这话是违心的，一是那石头真没什么；二是自己早已对石头不感兴趣了。

父亲接上说："那就对了，你妈当宝贝一样洗得干干净净，摆在那里天天等你回来哩。"

H看着我们，继续说："大伙都知道我干啥没长性。我无法想象六十多岁的老母亲后面背着柴火，还将一块大石头抱着走了十几里山路的情形，只知道无处不在的尖利的棱角一定刺疼了她的胳膊、手。我也无法想象六十多岁体弱的母亲如何与二十多斤重的石头较量，只知道她一定在想象着我看到时的欢喜……"

——莫非就是因为母亲捡来的那块石头压着他，不让他再变来变去没长性，H才成了鉴石方面的行家？

西瓜，西瓜

也不知那个大西瓜是父亲用多少麦子换回来的。我叫它"大西瓜"是因为我试着蹲下去抱它，没抱动！真的好大好大，以至于我跑到巷子里叫来我的小伙伴们，她们也没人抱得动。

跟小伙伴们玩时，谁要是不好好配合我，我就会很骄傲地宣布，"不让你吃我家的大西瓜"，她立马就跟我成了一伙。看着我老惦记那个西瓜，父亲就说，等家里来了金贵的客人，咱们就吃它。

于是我最最重要的任务就是坐在门口等亲戚。亲戚也不是你想让他们来他们就来的，再说了，还得是金贵的客人。想想我那时的傻样吧——

一个五六岁的小丫头，整天坐在门口的大石墩上，看见熟识的人就炫耀，"我家有个大西瓜，不让你吃"。后来呀，经常从我家门前经过的巧嘴大妈打趣起我来：翘翘辫翘翘辫，坐在门前等女婿。女婿女婿赶紧来，给你留着大西瓜。你吃瓤儿我啃皮……气得我一扭屁股跑回了家，对着镜子，一把就弄乱了朝天辫。

不好意思坐在门前望眼欲穿地等亲戚了，就只能在家里死守着西瓜。

西瓜就放在堂屋的角落里。没人时，我常常将它滚到房子中间，鼻子贴到瓜皮上使劲地闻，或者学着大人拣瓜时的样子，用手指敲敲，听听。快乐是需要分享的，家里没人时，我会喊来几个小伙伴，我们甚至把西瓜当玩具般满脸欢喜地在房子里滚来滚去，笑声就抖落一地。那神情，好像已经大口大口地啃着甜滋滋的西瓜了。

一次，我跟几个小伙伴正滚着西瓜，被突然回家的父亲看到了，他的巴掌举得老高，老高，吼道："西瓜一滚瓤就散了，就成水了！"

我跟小伙伴们撒腿就跑了出去。

被父亲吼过，我就收敛多了，实在忍不住了，才动动它。毕竟，对一个实在没有什么好东西可吃的小孩来说，大西瓜的诱惑真的无法抗拒。

每天都期盼着来客人……

暑假快完了，外婆来了。

父亲骄傲地将大西瓜抱到房子里的桌子上，先用湿揉布擦拭了一遍西瓜皮。我跟哥哥们哗啦一下都围了上来，巴巴地等着父亲挥刀！

一刀下去，一滩臭水迫不及待地涌了出来，着实难闻。见此情形，我撒腿就跑。

直到天黑，我才溜到离家还有一大截的地方，母亲正在门口伸长脖子瞅呢。我就耷拉着小脑袋走了过去。母亲揽过我的头，很是疼惜，说："西瓜哪有我闺女金贵？看把我闺女吓成啥样了。"我仰起脸接了句："我还是想吃西瓜。"母亲嗔怒道："得是没挨打心里不瓷实？"

我们都笑了。

我常常想起童年的那个大西瓜，它一定是很委屈的：作为西瓜没被人吃掉而是很嫌恶地直接扔掉，该是多么憋屈啊！而在我，大西瓜给了我一个暑假的快乐。四十年后的今天，我还常常想起它，想起它嘴巴就变成下弦月——大西瓜也算物有所值了吧？

播撒爱的方式

单位组织捐献活动，捐钱，上不封顶下无底线；捐衣物，看得过眼能勉强穿用就行，一切随自己。

而我，独独喜欢捐衣物：

棉的，拆洗干净，再缝好，晒暖和；单的呢，也是漂洗干净，再检查一番，不能有断线、掉纽扣、少拉链头什么的，必须是交到手里就能穿在身上。

——决不能因为自己穿着难看或穿不成才送给贫困中需要温暖的人！

捐衣物时，我还喜欢买个钢笔、字典、书什么的夹在里面，给将得到它的孩子一个惊喜。我一直固执地认为，我的衣物将捐给的是正在求学的孩子！

很喜欢这个故事，听过后再也无法忘却的故事——

一个富有爱心的年轻母亲，在为贫困地区的孩子捐赠衣物时，把写着自己电话号码的纸条放在衣兜里，"穿上这件衣服的孩子，如果学习上有什么困难，请和我联系"。九年后，这个已不再年轻的母亲接到了一个电话，正是当年接受她捐赠衣服的孩子打来的，因为家庭的变故，将要上大学的他面临辍学的困境。而此刻的她，孩子也要上大学,丈夫已经下岗,家庭也陷入困境。可她,依旧答应那个孩子资助他读完大学。

　　是真的喜欢,喜欢那个女人的善良;是真的感动,感动那个女人的一诺千金!然而,却没有勇气像她那样去做:我不知道承载着自己爱的衣物会穿在怎样的一个人身上,那个人是否值得我信赖甚至倾尽全力帮助?只能默默地喜欢,悄悄地羡慕,而后自愧弗如。

　　——捐助活动,其实就是展示心灵的平台,而那个故事,成就了一场精美的独舞!

　　这次,我在所捐衣物的衣兜里,放了二十块钱,用铅笔在上面写下"一切都会好起来的"。

　　生活并不富裕的我,不会有大笔的钱财投入慈善,能做到的,就是在每一次捐赠中积极参与,以自己喜欢的方式播撒心中的爱。

藏在月饼里的幸福

许是我太恋旧，三十多年前的记忆依然清晰如昨。

暑假快结束时，离中秋节还有好些天，母亲就开始做月饼了。在醒好的面里放进芝麻、茴香、椒叶，就开始揉面。一直在近旁的我，踮着脚尖很殷勤地给母亲擦拭汗水。她把面团切成小块，再擀成圆圆的面饼。抹层油压个饼，七八个摞在一起，一箅子能摆好几摞。而后再醒一醒，面软了，才放进锅里蒸。

拉风箱自然是我的事。先是大火旺旺地烧。不久，热气儿就从蒸笼缝里挤了出来。于是，空气中就弥漫着面粉特有的香甜味儿。我边拉风箱边用鼻子使劲闻，直闻到鼻子都起了褶皱。

千呼万唤万唤千呼，月饼终于要出锅了。在母亲揭开锅的一刹那，我看见了那些曾死死地压在一起的面饼都骄傲地鼓了起来，还在晃动呢。不，不是晃动，是摇摆着身子抛着媚眼在诱惑我！

小手刚刚伸到笼屉边，母亲就一巴掌拍打过来，嗔怒道："去，烫着手就不馋了。"我会乐呵呵地补上一句："烫着手不要紧，嘴没烫着，能吃就行。"

母亲将热气腾腾的月饼一个个摆在案板上，整个案板开始冒热气，白白的圆圆的月饼，铺满了案板。那会儿，我觉得案板好幸福，它要是有嘴该多好啊。我都想让自己变成案板，摆满月饼时的案板！眼睛看着，嘴巴就失控了，口水毫不遮掩地流了下来。

晒月饼是最让我难受的事。

院子里摆两条凳子，上面架着席子，把月饼一个个摆上去，在太阳下美美地晒，直晒到干硬干硬。这需要好几天呢。于是，就出现了这样的情形：

我常常弯腰凑近月饼，闻，使劲闻，狠狠闻。隔一段时间，嘴猛地一张，很陶醉地抒情，"啊，真香"，以至于我觉得闻比吃都香。闻月饼，几乎是我每天必做的功课。这样尽情尽兴地闻，也只有短短几天，得抓紧时间才不留遗憾。

月饼晒干以后，母亲会用绳子把它们串起来，再登上梯子，把月饼高高地挂在房子中间，高到我只能流着口水仰望了。

一直要等到中秋节。

中秋节的那天晚上，坐在院子里，看着月亮，吃着"小月亮"，笑声就在院子里荡漾开来……

水果的香味

小时候似乎没有什么水果，印象最深的，就是苹果跟香瓜。

我家院子里有棵苹果树。每年，母亲总在树下数来数去，她的严厉是出了名的，我还没到为了嘴舍得挨打的份儿，也就从不敢打苹果的主意。

摘苹果时，母亲架着梯子，很小心地一个一个不磕不碰地摘，轻轻地放。那时，我眼巴巴地瞅着母亲，只盼着她不小心撞掉一个，摔得不好了，我就可以捡起来吃了。可母亲不管做啥，都是很小心的。

想想，小小的我，就一直流着口水，仰着脸，直到脖子酸痛，直到母亲一脸满意地下来。又看着母亲取出五个苹果，锁进炕头的箱子里，把剩下的全部放进铺满麦秸的笼里，挎着去镇上卖。

起初，我经常趴在箱子边，皱着鼻子使劲闻，就是闻不出苹果的味儿。深秋了，苹果淡淡的香味儿竟然自己钻出了箱子。于是我开始变得安静起来，喜欢待在房子里，喜欢闻空气里弥散着的淡淡的香味儿。冬天来了，房子里的苹果味儿也浓郁起来，以至于我一进屋子就想关门，恨不得一口气将那些浓浓的香甜味儿全吸进我的喉咙里，沉淀在我的心里，当然舍不得让它们溜出屋外了。

能闻出苹果味的日子里，做作业、看书，我都喜欢趴在炕头的箱子上，那种感觉，就好像我怀里结结实实地抱着很多苹果。

有时，实在憋不住了，就把小伙伴带进我家。我们就站在屋子里，一起安安静静地闻着香甜味儿，而后，傻傻地看着，笑着。

年三十晚上，母亲会取出五个苹果，一人一个。母亲与父亲的，通常也会被我们兄妹仨瓜分掉。只是那时的苹果，像个没脾气的老人，绵绵的，入口即化。

也一直记得跟着母亲卖香瓜的事。

我哭着闹着要跟着母亲去镇上卖香瓜，母亲不答应，我就死死地拽着她的衣襟不松手。我们村子离小镇八里路，八里路我也不怕，只要能跟着母亲去卖香瓜。

跟着母亲到了镇上，她在街边找了个地儿蹲下来。我又不能乱跑，害怕把自己弄丢了，就坐在母亲旁边。我一直盯着母亲的笼，我才不希望有人买我们的香瓜呢，卖不出去，我们就可以美美地吃了。

没过多久，我就跟母亲说我渴了。母亲将水壶递向我，说渴了喝水。我就耷拉下脑袋不说话了，我自然不想喝水的。太阳越来越高，天越来越热，我就不停地跟母亲说，我渴了，我渴了，我不喝水，我就是渴了。母亲似乎听不见我的话，只是吆喝着卖她的香瓜。

那时的我出奇地固执，我站起来蹲在母亲的对面，不停地说着"我渴了""我渴了"。说时眼睛死死地盯着香瓜，我用眼睛向母亲赤裸裸地表白：吃香瓜才能解渴！

母亲用手将我划拉到一边，说不喝就是没渴，渴得厉害了，马尿都喝。

而后继续吆喝着卖香瓜，不再搭理我。

热得厉害了，母亲就将自己头上的草帽扣在笼上，怕把香瓜晒皮软了，不脆不甜了。她让我坐到商店门口的台阶上，那里不直晒。我就是不挪，我就是要把自己晒得流油，我就是渴了还不喝水！

母亲无奈地摇摇头，在笼里看来看去，就是找不到一个可以让我吃的。眼看着笼里的香瓜越来越少，剩下最后三个，竟然也被人买走了。

我绝望地"哇——"的一声大哭起来。我拽着母亲的衣角跑了八里路，不就是想吃香瓜吗？

记得回去时，我死活都不走半步，要她背着我回家。母亲迁就地背起我，我还伤心地直流泪呢。

就在刚才，我又跟母亲说起苹果跟香瓜，我们都笑出了泪花花。

第十一辑

你杀了自己的"马"吗

　　懒惰、迁就、推诿责任……这就是一匹匹潜伏在我们心底正在或者准备伺机将我们驮向堕落的"马"呀！在它营造的安逸中，我们将不再去努力挖掘自己潜能的金矿，随"它"逐流，从而迷失自己。

　　恶习如马，你，挥剑了吗？

你杀了自己的"马"吗

传说,有位骁勇善战的将军,战场屡建奇功。然而,他很贪杯,每每喝得酩酊大醉后就骑马去一个村落找女人放荡。

终于,有一天,将军猛然清醒了,开始向善。

又有一天,训练之后将军又劳累又困乏,伏在马背上就睡着了。醒来时,才发现马儿已将他驮到了那个不该去的村落里。

将军凝视着他的马——除了亲人以外的至爱呀!长久的沉默后,拔出了剑……

那匹马,那匹熟悉将军性情的马,那匹伴随将军出生入死屡屡立下奇功的马,那匹会在将军失去自我控制时把他驮回到堕落的过去的马!举起剑时的将军,才真正成了主宰自己心灵的将军!

早晨慵懒地躺在床上,看着太阳的光线从窗棂移至床边,却没有起身,就这样不经意间蹉跎了本可以耀眼的岁月。

"怎么又错了?"嘴里嘀咕着心里却想,下次再改吧。语言上的改过太容易了,也就总在轻易犯错。

"又不是我一个人,干吗那么认真?"你少一点儿责任,他少一点儿原则,事情就开始向出乎想象的糟糕发展……

懒惰、迁就、推诿责任……这就是一匹匹潜伏在我们心底正在或者准备伺机将我们驮向堕落的"马"呀!在它营造的安逸中,我们将不再去努力挖掘自己潜能的金矿,随"它"逐流,从而迷失自己。

恶习如马,你,挥剑了吗?

站得多高，才能看得多远

十年前，走出大学校门已经三个多月了，工作还没个着落，整天心里像揣了只兔子般，挠得心慌搅得心烦。

到二叔的预制厂闲转：规模不小，员工的工资发放及时，奖金福利也挺不错的。看二叔的账目管理也不是多科学，就想，自己学的就是会计，给二叔干，照样有碗饭吃。我就跟父亲说了自己的想法，堂皇的理由是：离他和娘近，有个照顾。

父亲看了我半天，竟给我讲了个笑话：

一个疯子说，等我发了财，天天吃油条。一个乞丐说，等我当了国王，这条街只允许有我一个要饭的。旁边一个拾荒的笑骂道，傻帽儿一对，我要发了财做了国王，才不自己去捡，让他们都给我送上门来！

父亲说："这是多年前别人给爸讲的笑话，爸当时笑得前合后仰，都发了财做了国王，谁还只想着油条、讨饭、收破烂呀？多傻的人。"

"你说'谁还只想着油条、讨饭、收破烂'？那说明你到那个时候也想自己曾做的事，只是觉得他们想得太少罢了。哈哈……"父亲也成了我嘲笑的对象。

"所以呀，你爸爸我至今还这么窝囊地活着。"父亲并没有生气，"站得多高，才能看得多远！爸不嫌你在农村待，只是怕你二叔的预制厂把我娃屈才了……"

　　不善言辞的父亲竟给我说了好多话，我第一次瞪大眼睛看着他：语言平静内心却风起云涌，木讷的外表包裹着不甘的心灵！

　　"爸不苛求你三尺扯一丈，只是盼我娃能站到属于你自家的高度上！"

　　我不再提去二叔预制厂上班的事，开始思索并寻找自己的高度。

　　工作是可以赚钱，有些工作仅仅是在简单的重复中赚钱，没有喜好没有乐趣更没有自己的创造，纯粹的一个"饭碗"而已。是的，我也需要赚钱，我需要在快乐中赚钱，我需要在不断充实提升自己的过程中赚钱！

　　又是几个月的奔波，频频调换工作不是寻求待遇而是寻找适合自己、能够展示自己的平台！

　　而今，除了和自己喜欢的孩子们愉快地度过八小时外，大部分时间都心情愉悦地坐在电脑前敲击着自己喜欢的文字从而流淌出一篇篇感动自己也启迪他人的文章。工作操劳、业余奔波，所有的一切，对我来说，都是一种惬意的享受。

　　是的，站得多高，才能看得多远！我庆幸自己当初多上一个台阶。

把握住自己

人是最容易迷失自己的。

我从来没有怀疑过自己善良的品行，直到那天，在车站的候车室里——

在车站稍作停留时我看见了它：静静地躺在空无一人的连椅上，充满诗情画意的外表让人浮想联翩，很有诱惑的，似乎就等着我来发现它的存在。

环顾四周，它的附近或者更远一点儿，没有一个人，我就走了过去，装作很随意的样子，翻阅起来，精美的哲理散文，我最喜欢的风格！

我的欲望似乎已经超出了阅读，心里怦怦直跳：是因为它的主人不明？它主人不明关我什么事。是因为我等的车快来了？我的走它的留压根儿就没什么关系。还是因为怕明珠暗投留下遗憾？我拥有它同样不会心安理得……

好不容易压稳了怦怦直跳的心，放下它，转身离开。我知道自己的不易，边走边回头，直到坐上了车，还透过玻璃望着它。

别人拿走是别人的事，即使被一个根本不接触文字的捡破烂的拿去卖废纸，也无关我的事，我不是它的主人，不应是它的所属。

　　我没有拿那本书，我跨越了"'窃书不算偷'况且仅仅是'收留'"的自我谅解；我推开了所谓的"资源共享""浪费就是犯罪"的贪念。我没有拿那本书，我任何时候翻书时手都是干干净净的。

　　想想真可怕，一向以读书人自居，用犀利的笔鞭挞着阴暗角落的我，竟然是如此脆弱，脆弱到一本书就可以轻轻地摧毁。可能仅仅因为是书本，才抓住了我的目光；可能因为我是喜欢书的人，才对它感兴趣。不管怎么说，想想都是很可怕的。

　　有眼睛注视时，我们的身份、地位、面子都在隐隐地提示着我们该如何行动。当我们只与自己的灵魂独处时，别忘了把握住自己！

学会遗忘

心胸过于狭窄的人,往往不甘于遗忘,也就不会尝到遗忘的甜头。

楚庄王宴请文武百官并让宠爱的许姬敬酒助兴。风起,烛灭,有人拉了许姬的手。许姬扯断了那人帽上缨饰,楚庄王却下令暂缓点灯,要求群臣全部拽断帽子上的缨饰,尽情狂欢。次年楚郑之战中,一将军出生入死,为大败郑军立下战功,只为报答楚庄王昔日"绝缨掩过"的恩典。

楚庄王的遗忘,收笔可谓浓笔重彩。遗忘了个人,收获了国家。

曹操比于袁绍,名微而众寡。曹操与袁绍对峙作战时,手下很多将领为了给自己留条后路,都与袁绍有书信往来。曹操战胜袁绍后,当众烧毁了那些信件。自此,将领再无二心。

曹操的遗忘,是一笔勾销的既往不咎。安定了人心,稳固了军心,成就了霸业。

吕蒙正为副丞相初次上朝,朝臣中有人于帘内指着他说,"是小子亦参政耶"。其同列怒之,令诘其官位姓名。吕蒙正遽止之。理由很简单:一知其姓名,则终身不能复忘,故不如毋知也。

吕蒙正原谅了羞辱自己的人,仇恨就不会在自己心里扎根,还让同僚们见识了其大度。此事,是他步入朝堂最大气的一笔。

学会遗忘,才会受益于遗忘,用遗忘照亮或铺就脚下的路。

简单的幸福

幸福其实很简单，很简单的就是幸福。

你刚走到小区门口，就被门卫大伯拦住了。他说你等等，老家捎东西来了。就这么一句话，温暖就淹没了你。无须看捎来了什么，捎东西给忙于奔波连个电话都没时间打给老家的你，就是你在老家人心中的分量啊！

被亲人惦记，就是幸福。

走在老家的巷子里，突然被一个老太太拦住。她亲热地拉起你的手，满脸爱意和不舍。她说："多少年没见了？还记得我抱你时，一天都不哭，从小就乖。"泪水湿润了你的眼角，连你自己都一无所知的婴孩时期被活生生地铺展开来。

还有人给你提及温馨的往事，就是幸福。

他很疲惫地躺在沙发上，全身散架了般，觉得都没力气再挪动一下。你夹破了几个核桃放在他的跟前——核桃才上市，脆生生地好吃。他很小心，将整个核桃仁儿与坚硬的外壳完整地剥离开来。瞧，他还举着核桃仁儿得意地冲你一笑。下来呢，他小心地剥着核桃仁里面的那层薄薄的皮儿，直到白白的仁儿都露了出来。

呵呵，你很少看见他在吃上这么讲究，经常不剥里面的皮儿就吞了下去。你正疑惑,他的手已经举到了你的嘴边,亲爱的老婆大人,用个小膳吧。

很疲惫的他很用心地给你剥核桃,你被幸福淹没。

其实幸福还有很多种,不只是自己的快乐。

在街道的拐角,你看见了一个乡下老太太。她前面放着一个篮子,篮子里是一小把一小把扎得瓷瓷实实的青菜。菜们像是安安静静本本分分地躺在那儿,又像眼巴巴地单单等着谁疼爱自己将自己带回家。老人家的青菜虽然有点小,可看起来很鲜嫩。

其实你家里还有青菜,你根本不需要再买的。可你不忍错过老人期待的目光,这些可人乖巧的菜,可以给朋友们送点儿。因为遇见了你,老人不用再坐在街角等人来买,可以舒心地回家了。你觉得自己还是有能力让一个老人很快完成意愿的,你很开心,开心时的你就是幸福的。

让别人快乐一点儿,也是幸福。

清晨,大街上,放了几只空竹筐的三轮车旁站着一对夫妻。那男的,年轻的脸上尽是沧桑,女的看上去也有些憔悴。男的手里捧着塑料袋,里面有油条、煎饼、小笼包子。你听见那男的说着"老婆,都尝尝"就先撕下来一点儿油条塞进女人嘴里。

你觉得那个女人是幸福的,有人疼有人爱;那个男人也是幸福,他的爱有流淌的方向!你觉得自己更是幸福的,你看到了幸福在上演!

幸福是什么?

幸福其实真的很简单,就是你看见一个人或经历一件事,很舒心。日后想起,也会嘴角翘起。

鞋店里的故事

我在小城南大街经营着一家鞋店，佰纳专卖店，在经济相对滞后的小城，我的鞋店算是品牌店了，进来的人看的多买的少。

不让脚再受委屈

女孩推开店门没走两步，我就不抱任何希望了。不是我吹牛，卖鞋多年，进店的人瞥一眼就可以分出消费级别，是看的还是买的。

她走路一瘸一拐，而且是那种朴素得掉渣的女孩。我依旧低头看书，没有迎上去询问并推荐款式，不主动招呼进店的顾客，有时会避免很多尴尬。

"打搅了，麻烦你把这种给我拿下来。"

听上去很舒服，一个很有修养的女孩。她指的是鞋架最上面那层，一双精致小巧的红色皮鞋。

我取下来递给她，她就开始试穿。忍了几忍还是没忍住，我很小心地给她提了建议："买色浅的吧，色太亮，人就容易注意到、注意到你的……脚。"

她笑了，似乎不曾介意我说到她的脚。"挺好看的，就买红的吧。已经那样了，不能老叫我的脚受委屈。"

她让我将旧鞋装进盒子里，穿着新鞋，依旧一瘸一拐地走向门口。

"真的挺好看。"看着她的背影，我在心里说。

不嫌弃自己的缺陷，不因为缺陷而再委屈自己，一个生活得很实在的女孩。

当有人说自己肥胖不配穿好衣服，说自己眼睛小不好意思化妆，说自己的种种不尽如人意让自己沮丧时，我就和她们分享那个女孩的事情。

跟大人顶嘴的犟孩子

几天连阴雨，门可罗雀，更不要说进店的顾客了，我恨不得跳起来扇老天爷一巴掌。好在我的一个中篇小说也快结尾了，就在收银台前边敲打边照看生意。

那对母女是晌午进来的。女孩看起来二十左右，蛮水灵的。母亲倒显得很是苍老，看起来不下50岁。

女孩指着一双棕色中跟的问母亲："咋样，试试？"

"太洋气了，妈穿不出去。"母亲扭捏着，就是不试。

女孩又指了其他的，母亲只是摇头，连试都不试。

其实在我看来，这里没有她母亲适合的鞋，她是那么土气，再说了，我店里的皮鞋不会太便宜的。

母亲可能说到了价钱，嫌贵。女孩提高了声音，看样子是生气了："你就知道死抠，过日子是过'难过'？你不配穿好鞋谁配？"

母亲看了一眼我，满脸歉意，像自语般地说："这女子，净胡糟蹋钱。"

那女孩也很犟，回应道："我挣的钱还不由我随便花？你不试我就胡拿一双，穿不上就扔了，那才是真的糟蹋钱。"

母亲才软了下来，答应试鞋。试了几双，终于找到一双合适的。

那天下午，我回了趟老家。说真的，开鞋店好几年了，我的父母却不曾穿过我一双皮鞋。他们觉得一来贵；二来不如布鞋舒服。说到底，就是我的心没到，觉得他们天天跑地里，没必要穿得多好。

从脚开始改变自己

一天中午，进来了两个小伙子，一个矮胖，一个高瘦。

矮胖的没待几分钟便不耐烦了，说这就不是咱该进的店，跟咱的地摊衣服就不配套。

两个小伙子的衣服上还有白灰渣，似乎是建筑工地上的。说真的，我的鞋多是面向小城吃皇粮的单位，有固定工资旱涝保收。因为小城实在太小了，没什么景气点的企业，也不出产土豪。对那俩小伙子，我真不抱希望。

高瘦的说："啥叫配套不配套？你都看不起自家，谁能看得起你？"矮胖的不以为然，撇嘴道："看得起顶几毛钱花？再不要笨狗仗狼狗势了，啥马配啥鞍。"

高瘦的似乎下了决心，说出了自己的想法："我买双好鞋，肯定舍不得把鞋弄脏，鞋都弄不脏，衣服肯定也脏不了。"

高瘦的真的看上了一双棕色皮鞋。

我让他以比会员还低的优惠价拿走了。一个迫切想改变自己处境的人，我愿意帮助。

鞋店每天都有故事发生，我受邀在当地小报开了一个专栏，讲述的就是发生在我的鞋店的小故事。

角度

金马购物中心。

"妈妈,那条裙子真漂亮,我想要。"一个七八岁的小丫头看上了一条有蕾丝花边的白色连衣裙。

小丫头粉嘟嘟的脸蛋,长长的睫毛,穿上一定像个小公主。这小丫头目光真不赖,我暗自想。

"不行!"年轻的妈妈断然拒绝,语气里透着没商量的坚定。"白色不耐脏,妈妈得不停地洗,太费事了。"

说罢,妈妈拉着女儿就往前走。那个小丫头真是一步三回头呀,看得出她好喜欢那条裙子。

同是面对一条白色的裙子,女儿看到的是白色后面的美丽,妈妈看到的是白色背后的不耐脏。这不由得让我想起了童年的一件事,也是关于角度的——

三十多年前,镇上还没有戏院,就是找块大点儿的空地搭起戏台。看戏的人在戏台前层层围着,即使带着板凳,也没人坐,都怕被前面的人挡住。每到看戏时,空地上的矮板凳高板凳、小板凳大板凳上面都是站着伸长脖子的人。砖垛上、树杈上、墙上也都是看戏的人。更多像我们一样专门从乡下赶来的人,不可能扛着板凳走十几里路,只能找个有利的位置站着就好了。

有一次,母亲带我去镇上看《窦娥冤》,那年我6岁。刚一到戏场,母亲和婶子们发现了一块高地,当时根本不管是土堆还是粪堆，就一个念头：憋足劲儿往上挤。母亲拽着我就那么往上挤，终于，我们彻底挤了上去，也站稳了脚跟。

母亲先是抱着我看，哈哈，红红绿绿的戏装还真是好看。对于只有6岁的我来说，除了看戏装的颜色，真不知道还有什么能吸引我。过了一会儿，母亲抱累了，就把我放了下来。母亲将我放下来之后就再也没有将我抱起，只是自顾自踮着脚尖，看得有滋有味，周围还不断传来"好——好——"的叫好声。

我呢，夹在人群中，不，确切地说是夹在那么多的大腿之间。我也使劲踮着脚，仰着头，可看到的只是大人们的屁股，往上，是宽阔挺直的脊背，再往上，就是窄窄的一线天了。

我拉着母亲的衣角，嘟囔着要回家，不想看了。我连续说了三次，母亲才听见。她拍了拍我的小脑袋说："乖，听话，好好看，多好看的戏啊！"

好看吗？那些让我窒息的大腿、屁股、脊背好看吗？我不停地扯着母亲的衣角，喊着"我不想看了，咱们回家"，母亲只是说着"乖，好好看"，并没有想到再次将我抱起。

见母亲没有带我回家的意思，我就不停地拽母亲的衣角闹着要回家。终于，"啪——"一声，母亲重重地打了我一巴掌，大声训斥道："看你这娃，这么好的戏，不好好看就知道捣蛋！"接着就不再搭理我，继续看戏。

记得后来还下起了小雨，但人们也没有散了，母亲也坚持看到了结束。回家的路上，母亲和婶子们依旧兴致勃勃地聊着戏里的"窦娥"，而且时不时地还不忘数落我不好好看戏。

其实，这也是角度问题——母亲和婶子们看的是演员的出色表演及感人的故事情节，而我看到的只是大人们的大腿、屁股和脊背。面对母亲的责备，我真觉得我比窦娥要冤！

如今，当我遇到想不明白的事或不能理解的人时，就会想起儿时陪母亲看戏的事。其实，这只是个角度的问题，我们要学会站在别人的角度来看问题。

第十二辑

一块糖，能甜多少年

我得到了一块洋糖，兴奋得恨不得高举着它绕着地球跑一圈。要知道，不能立马向其他小孩炫耀的快乐是严重缩水的。

如今想来，一块小小的水果糖真是神奇，给年幼时的我带来那么多那么大的欢喜与收获。40年后的今天，我依旧坚信，分享真的可以将小欢喜扩散成大快乐！

哪怕只有一个人

奔走于乡里山间办丧事的唢呐手唱戏的,是我一向所瞧不起的。

别人亡故了亲人,你都不曾见过亡者鲜活的容颜,就能一把鼻涕一把泪如自己的亲爹娘般表现得悲痛欲绝,你的感情就那样不值钱?

那次去山里朋友家,邻居老人亡故,正赶上农忙,连帮忙的人半天都找不够。朋友感慨道:"人穷呀,在世冷清,走得也不热闹,就过去帮忙了。"

我听到外面正唱《三娘教子》,就走了出去。

门外,只有两个垂老之人和三五个顽童。那唱者,着水袖戏装,从头上发式到化妆——完全的舞台打扮!声音深情而悠长,我看见了泪从她的眼角淌下。

只有几个未必全听的观众,而她的确将那看成了自己的舞台!

——道德的专业演技的业余远比演技的专业道德的业余更容易走进人心!

我不由得想起了自己上学时经历的两件事:

二十五年前，还是小学五年级的我们，要参加镇上的数学竞赛，老师让我们八名参赛者周日早上六点到学校最后辅导一次。

　　周六晚就下起了大雪，第二天五点多还在下。我踩着快没过膝盖的雪赶往学校。学校大门锁着，只有一个冷得发抖的我！

　　只有我一个，我踩着脚搓着手继续等，直到老师来。老师摸了摸我的头，用同样冻得发抖的手打开了大门上的铁锁。就我一个人，老师一页一页翻着备课本给我讲了十五种应用题题型。

　　那一次竞赛结果我记不清了，似乎没有多大的骄傲，然而，我永远地记住了老师当时说给我的话：要想比人好，就得比人做得多。

　　十七年前，我已走进大学校园。那是一节选修课，我推开讲座《诗经》的教师大门的一刹那，后悔到了脚后跟——整个教室，讲台上就站着那位年轻的讲师。

　　他看着我笑了，说："坐吧，我们开始吧。"

　　他讲得很投入，从资料到自己的推测，从语言的生动到板书的独特……

　　哪怕只有一个人，都不要忘了自己的角色！哪怕只有一个人甚或连一个人也没有的时候，显露出来的，才是一个人的本质！

最舒服的照顾

得到照顾，心里又很是舒服，对受照顾的人来说，应该是很幸运的，这是我最好的闺密给我的感觉。

有时，她会在电话里喊："快点下来，我在你楼下，给我帮个忙。"我就急急忙忙地跑下楼去，却发现她满脸是笑地拎着一个大塑料袋，鼓鼓的。"快给我帮个忙，我妈带多了，放不成，时间一长就蔫了。自家地里长的，不值钱。就当给我帮忙，不能把咱妈的爱心搁坏了呀。"她一脸嘻嘻哈哈、没心没肺的样子。

打开，是种种时令的蔬菜。我知道，是她专门开车回老家摘的——她很注意养生，特忌讳农药、大棚之类的。只是，她不想让我有负担。她总是这样，很随意地让我分享着她的快乐。

待她离开后，我打电话过去，说："我吃到了妈妈的味道，也吃出了妹妹的味道。"话音未落，就听到了她在那边脆脆的傻笑声。

快来吧，我从云南回来了。她又打电话过来。快点啊，我想测试一下咱俩的感觉是不是一样。我便乐呵呵地跑过去。她取出一条七彩石项链，直接就挂我脖子上，而后把我拽到镜子前："说说感觉吧，看咱俩相同不？"

我心里一热，却没说什么。我知道，她是心疼我总想不起照

顾自己打扮自己。

跟陌生人相处，她同样不显山不露水，很是随意。

她常常将衣服清洗干净，熨烫平展，叠得整整齐齐，装进塑料袋里。而后拎到楼下，放在果皮箱的顶部，将写着"很干净，可以直接穿"的纸条露半截在塑料袋外面。一次，她将孩子小了的衣服整理好后，放了张纸条，"你孩子穿上，肯定跟我孩子一样可爱"。谁看到这样的纸条不会被温暖被感动？

有时看着闺密，我就想：得到了照顾心里又很是舒服，是不是只有天使才能做到？

可不，在她，天使的翅膀已化成了悄然流淌的善行。

端详一棵树

你就那样赤裸裸地杵在我的眼前,目光和你相遇的一刹那,心中涌起的,是种说不清道不明的感觉,我甚至想扑过去狠狠地摇动你的身躯——

如此赤裸裸地挺立,意味着你是最无情还是最坚韧?

别的树,那皮儿伴随着树身数十年乃至成百上千年,而你,似乎不脱层皮就决不罢休。你是无情之至断然遗弃皮儿,还是坚强到不需要皮儿的保护?

因为你是梧桐,你别无选择。这个,我知道。你赤裸着,寒风吹过,苦雨淋过,你抱怨过自己生而为梧桐吗?倘若你有人的感情,看着别的树裹得严严实实无比骄傲地挺立着,你可能会有情绪,会悲愤,甚至会咒骂老天的不公。

你生长在道路旁边,应该算是行道树吧?虽不及景区的树木那样引人注目,至少也算形象工程中的一分子吧——即使不被过分呵护,至少不应该被破坏吧?然而不知何故,你却失去了树冠的一半,正好覆盖着马路的那一半。这就使得你的挺立显得很尴尬。

倘若你拥有人的情感,遭此不幸,你一定会想不通,会破罐

破摔，甚至会拒绝继续生长！是的，人就是这样：好事落到自家头上，就觉得是理所当然，是再正常不过的；略微有点晦气或倒霉，都觉得老天爷瞎了眼，摊到别人头上才是合情合理的。

你的身子更是惨不忍睹：树身的大分叉处搭着两个拖把，可能是旁边商店里的。那肮脏的拖把上的污水顺着你的身子往下流，经年累月吧，已经流出它的形状了，当然还得继续流下去。你的身上竟然还钉着钉子？一个钉子上挂个小木板，算广告牌吧，写着"由此进去100米处卖盆景"。一个钉子上挂着塑料袋、布兜兜，应该是树下那个摆摊的。你仅存的树冠给了他阴凉，他竟那样对你，没心没肺的家伙！

瞧，几个孩子跑过来了，个头高点儿的，蹦了几蹦，终于攀扯住了你的枝条儿，往下一拉，更多的枝条儿随之弯了下来。一枝，两枝，三枝……都是生生地折断。而后一人拿一枝，相互抽打着玩了起来。

你没招惹这些孩子，你还给了摆摊的人以荫蔽，可结果……倘若你有人的感情，你一定会问：窦娥娘儿俩算冤吗？她们可是招惹了张驴儿父子的！我可没招谁更没惹谁，怎么如此残忍地对待我？还有天理吗？

可你没有人的喜怒哀乐，没有人的感情也就没有了人的计较心，你只是守着"树道"：吐绿绽翠，让路人养眼；扩展树冠，给人荫蔽。长粗长结实是你的事，最终下场如何是人的事，你只能"尽树事，听人命"了。

我眼前挺立着一棵树：

失去了半个树冠，身上还钉着钉子，却还那么蓬蓬勃勃地憋足劲儿生长。

这棵伤痕累累的树，或许它每天都以自己最好的姿态迎接着每一位路人。看着树，羞愧涌上心头，我不好意思地转身，离开。

我呀，生而为人，因为计较心，又辜负了多少好时光？

轻幸福，小幸福

我喜欢买那对夫妇的菜，不只是因为他们的菜摊大、品种多、保养得好，更重要的是，我总想近距离地感受流淌在他们之间的幸福。

"妈，陪我踢一会儿毽子嘛。"五六岁的小女儿摇着女人的胳膊，满脸不答应决不罢休的期盼。

一旁正在写字的男孩站了起来："哥陪你玩一会儿，咱妈累得很，叫妈坐着歇歇。"

女人看着俩孩子玩着，脸上的疲惫被欢喜挤得无影无踪。

那时我正在挑菜，女人和我一对视，笑着说："我儿子很懂事，作业做完了就给我帮忙卖菜。"她脸上是无法遮掩的自豪。

女人那一刻是幸福的，她感受到了来自儿子的关爱。

早晚去菜摊，总会看见女人的丈夫在那里整理菜：掐掉枯叶，擦去泥土，拣出带疤的。时间久了，我们也就熟悉了。

"对菜很上心啊，真勤快！"我发自内心地夸赞。

他笑了，显得很不好意思。"我做的都是样子活儿。"他用嘴巴朝女人努了一下，"娃他妈才累，卖菜做饭干家务，当女人真不容易。"

女人笑了，说："你呀，就是一张好嘴，要多甜有多甜。把我累得，还屁颠屁颠地干活儿。"

夫妻俩看着，都笑了。那目光，是缠绵，是爱抚，还是依恋？在一旁的我，实实在在地分享了他们的幸福。

一次，我将自己的感觉说了出来。我说我觉得就是看着你们一家，也像泡在幸福里。

女人笑了，说他们是"穷开心"，说他们的幸福轻得能飘起来，小得像鸡毛蒜皮，不能跟城里人的幸福比。

幸福没有城乡之别，这些"轻幸福""小幸福"堆砌起来的，才是实实在在的真幸福。今天买车，明天买房，那的确是富有的标志，倒未必是幸福的标签。

谢谢你，允许我与你同行

　　孩子，今天我想说的是，谢谢你让我参与了你的成长，谢谢你允许我与你同行。

　　在很多时候，我常常会忽视自己教师、作家的身份，因为我只想着另一个身份——妈妈，唯有这个身份是永久的且是我最为热爱与骄傲的。

　　与你同行，看着你成长，我因此也改变了自己。

　　你弱小无助，我就得变得坚强；你顽皮难改，我就得学会宽容；你不长记性，我就得学会耐心等待……作为一名写作者，世界竟然缩小成了一个孩子，篇篇文章都有你的影子——我只是为了记录、关注你的成长而写作。一向语言苛刻文笔犀利的我，因为你的出现，笔下竟然只有恣意成汪洋的柔情与爱意！

　　我只想说，孩子可以唤醒女人心灵深处最柔软的部分，孩子可以使再丑的女人都变成美丽的天使。面对年幼的你，我终于明白"幼吾幼以及人之幼"不是空洞的口号并开始努力去做。

　　你背着书包上学了，成了我眼里所有学生的缩影：你的观点"与众不同"，我开始怀疑答案的不唯一；你的质疑"荒谬不堪"，我开始尝试着走进学生的心里世界；你的课业"亚历山大"，我开始思考教育的终极目标……从教十余年，你的出现，让我意识到教师不应只注重知识的传授，让我意识到健康阳光的心态远比成绩重要，让我意识到引领学生感受生活是如此美好。

孩子，悉心教育你不是为了我的面子，不是为了向别人炫耀你的优秀，努力引领你前行不是为了传宗接代，不是为了年老后有人照顾。但是我的孩子，对你，我的确无法自已地付出了全部的热情与深爱。我一边告诫自己，孩子不是我的唯一与全部，我应该有自己独立的时间、空间与生活；一边又出尔反尔屏蔽了你以外的一切，目光战战兢兢地紧盯着你的身影随时准备迎接任何意外。

谢谢你我的孩子，你无意间的一个小举动都会镌刻在我的记忆里，与你同行的每一天都值得我用心珍藏。

谢谢你我的孩子，与你同行，让我明白了付出与享受竟是孪生、辛苦竟会成为享受。

谢谢你我的孩子，倘若没有与你同行，我定然不会与今天的自己相遇，是你，雕塑了全新的我。

谢谢你我的孩子，你给了我最大的犒赏——有机会与你同行！

那些可爱的梦想

打小，我就是个爱瞎想的人，想得自己眉飞色舞心里像开了朵花，宛如已经走进了想象中的世界。以至于哥哥总说，那家伙有瘾症。至今想起自己儿时的梦想，还会得意地咧开嘴巴傻笑呢。

那时我有5岁吧，拽着妈妈的衣角，肥胖的屁股一摇一摆地去供销社买东西。该买的都买完了，妈妈拉着我要离开时，我的脚却像生了根般，而后，一本正经地示意妈妈弯下腰来听我说话。

"我长大了要当卖货的。"记得我说时声音还很响亮，以至于那三个售货员阿姨也好奇地看着我。"想吃啥就拿出来吃。"我补充的这一句让供销社里响起一阵笑声。

妈妈也笑弯了腰，揪了一下我的小耳朵，说："你想得美，谁都能当售货员？"

那时的我自然没有听明白妈妈的话，只是想让自己快点长大，长大后当个卖货的，坐在那里啥也不干，想吃啥就拿出来吃，多美的事！

看来，儿时的梦想原来是自私的小念头。

后来上学了，偶尔迟到被老师批评，不想听讲了，盼呀盼呀总盼不来下课铃响，于是觉得最最神奇的就是那个手举铃铛的老爷爷——令我们头疼不堪的上课、欢呼雀跃的下课还不就是他一摆手的事？

那个阶段，我最最注意的就是老爷爷了：课间，他总是背着手站在学校中间的大槐树下——在那里摇铃铛，学校四处都听得见。

将来做个摇铃的人，不想上课了就摇铃铛就下课，多好。

多少年后，看着16岁的儿子，我跟他说这件事时，他笑得喘不上气，说妈妈你好傻，摇铃的不上课，上课的不能摇铃。

是呀，那时的我怎么就想不到这一点呢？

那时的梦想不专一，不等否定这个，那个已经壮大了，有时还是多个梦想挤堆儿。

那时的电影，一年半载才能看一次。我还在日记里悄悄写下了自己的理想——做个威风十足的放映员！

嘴馋了想吃东西了想做个卖货的，到了学校不想学习了想做个摇铃人，看电影时又想做个放映员，真是个孩子。这还没完，还有一个梦想，就是——

外婆家在二百里外的大荔县，二舅三舅又在不同的部队工作，大哥在西安上学，一直跟着我们一起生活的姥姥，她的老家在周至。每每车铃一响，那个穿着绿衣服挎着绿邮包骑着绿自行车的叔叔就停在了我家门口。有信啊，快乐就开始在院子里沸腾。

我就想，长大做个邮递员吧，每天都给自己家里送信。当我说给妈妈时，她一戳我的脑门笑了，说："真是个傻丫头，没人写，你送啥呀？"

我一扭头，不理妈妈了，临走还扔下一句：我就是要做邮递员，把信全送到咱们家！

如今想想，那时的自己，傻得还挺执着。

后来呀，又突发奇想：我能不能在自己家里做自己喜欢的事，别人还能把钱给我送过来？哥哥得知了我的想法，笑着说："可以啊，你看，石头都开花了，你有啥想法不能实现呢？"

此刻，敲打着键盘的我也笑了：总有一个梦想可以实现，尽管当初别人觉得是多么不可思议多么异想天开。而那些没有实现的梦想，也像一眼眼快乐的水泉，滋养了我，在回忆里让原本枯燥的日子鲜活而亮丽。

麦子的幸福生活

　　麦子和麦囤、麦香是姐弟仨，麦子没上几天学。没上几天学的麦子却一直供着弟弟麦囤、妹妹麦香直到大学毕业。就像村里人打趣时说的，没有麦子就没有麦囤，更不可能飘出麦香。

　　麦子从来没有觉得自己倒霉，麦子骄傲的事情可多了。"我一上课就迷糊，那难受劲儿，还不如叫我拉架子车、抡锄头把。"麦子一说起上学的事，就一脸的厌烦，"咱没文化，替爹妈供了俩文化人，沾大光了！"

　　麦子一说起弟弟妹妹，整个人就浸泡在幸福里，眉眼里都是骄傲。不过，让麦子最骄傲的，还是她男人平安。"我男人，木活儿泥活儿都拿手！"当妹妹麦香将从事工程设计的男朋友带回家时，麦子就很自豪地显摆着自己的男人。在麦子眼里，工程不就是木头和泥坯的事儿吗？

　　提起自家男人，麦子的满足与幸福就显得超饱和，毫无遮掩地往外溢。"水龙头坏了？哎呀呀，咋不找你平安哥？"巷子里的姊妹们谁家有拿不下来的活儿，麦子就很热心地推出自己的男人。"我那男人，就没有难住他的活儿。"前天一整天，帮东邻收拾了老化电路；昨天，又帮村南头老赵家修了半天摩托；明儿呢，答

应了狗剩家的事。

麦子常常一个人扛着锄头急匆匆地去自家的地里忙活，她从不抱怨自己的男人帮村里人做事，提起男人就满脸放光："整天看不见他的人影……"麦子常常是一脸幸福地唠叨着男人的不是。在麦子眼里，平安心眼儿好，手又那么巧，太了不起了。

她纳鞋底的锥子是平安打磨的，手把烤成那个弯度，用起来真称手；针线筐也是平安用木板做的，旁边还雕了花花草草，很好看；手上的顶针，却是平安买给她的。那年，平安心血来潮，揣了所有的家当去做生意，结果赔了钱，就给她带回这么一个正面像戒指的顶针。麦子没有埋怨平安，看着这顶针，就觉得男人心里有她。可男人这么一折腾，她就得勒紧裤腰带过好几年的穷日子……

你若见了麦子的男人，再想想麦子的话，绝对会笑出声来的。麦子的男人，是一个特别安于现状的人。这几年，村里的男人大多出外打工了，而平安却守着家里的几亩薄田，和麦子过着紧巴日子。村里人都说麦子的男人太窝囊，可麦子听到这话却不动气，只是笑笑。

麦子和我婆家是隔壁，我常上她家闲坐，话赶话的也说出了自己的疑惑。麦子边给我倒水边说，我屋这茶壶和茶碗都是很一般的，眼瞎得只剩下眼眶的人也知道。可人家的再好也是人家的，拿不到咱屋的，咱只要疼惜自家的就行了。

一块糖，能甜多少年

我得到了一块洋糖，兴奋得恨不得高举着它绕着地球跑一圈。要知道，不能立马向其他小孩炫耀的快乐是严重缩水的。

那是半夜，爹从外婆家带回来的，我们姐妹几个一人一块。

听不懂"洋糖"是啥玩意儿？这样说吧，四十年前，大伙似乎一开口就离不开"洋"字：端的饭碗叫洋瓷碗，洗脸用的盆子叫洋瓷盆，用洋火（火柴）点着洋蜡（蜡烛）学习，家境好的穿的是洋布衣服，能发出声音的那玩意儿也叫洋戏匣子，连哪个人好看了也说"洋气"……当然还有一年半载吃不上一个的洋糖（水果糖）了。

只是以前见到吃过的洋糖都是彩纸包裹的。而这一次不同，我第一次知道了有一种纸叫"玻璃纸"，透明，结实，好看。

拨开，舔了两口，真的很甜的。瞧，姐姐们很夸张地大口大口地吃着，看得我的口水都能流下来。尽管如此，我还是表现出了异常的冷静与理智：舔了两口后，又把糖裹好，放进兜里。

就这样，实在想甜一下了，忍不住了，拨开，舔两口，再包裹好。

我一直舔了半个多月，还是一块糖。而姐姐们呢，在那一天就报销了。我最爱做的事就是当着她们的面，说"我要开始吃糖了"，而后把玻璃纸的声音弄得很响亮很响亮，剥开，夸张地舔两口，而后一副陶醉的样子。那时，姐姐们看我的目光能杀死人，恨不得将我一把揪起来扔进太平洋！娘就说话了，说凌子这就叫"细水长流"，一块糖能甜半年呢。

好吧，我会努力让它甜我半年。哼——羡慕死她们，谁叫她们吃时那么夸张，还不带我出去玩。

那块包着玻璃纸的洋糖是我的骄傲。我把它给好多小伙伴都看了，看得她们拉直了目光。我经常察觉到她们有意无意地将目光落在我装糖的衣兜上。

每每玩耍时，我总会说，谁跟我好，我就让她舔我的洋糖。事实是，我从来没让别人舔过，当然，我也不会当着她们的面自己独自享受的。最多是拿出来，让她们都摸摸。

一次，我们正玩得起劲，胖丫被谁绊了一下，摔倒了。玩耍时摔倒是常事，关键是倒得太奇葩了，嘴唇破了，连门牙也磕出了个不小的豁口。

胖丫咧开嘴扯着嗓子大哭起来，口水里混合着血流了下来。其他玩耍的孩子都吓蒙了，撒腿跑散了。因为胖丫的娘是个男人婆，骂起人不倒苍，挥手就敢打。她娘还有双顺风耳，胖丫一哭准赶到。

我没走，不是我胆大，是我觉得把门牙都磕出豁口的胖丫独自留在那里大哭终究是不好的。

胖丫哭得肩膀一抖一抖的，我也终于看不下了，摸出我的洋糖，拨开玻璃纸，递给胖丫。我说，你……你舔两口就不疼了。

胖丫是哭晕了头没听见，还是我的声音太小没听见，反正，我塞给她后，她填进嘴里就咯嘣咯嘣咬了起来，而后，又咧开嘴巴笑了，嘴角还流着带血的口水……

我心疼得眼泪一下子流了出来，掉在了玻璃纸上。过了好久胖丫才察觉到，她捂住了自己的嘴巴，一脸歉意。

我很沮丧地说给娘时，她拍着我的小脑袋笑了。说我闺女太厉害了，一块糖舔两三个月都容易，甜了两个人就难了——这事做得好，划算。

过了几天，胖丫跑到我家，给了我一支带橡皮的铅笔，我第一次见到橡皮居然那么小还粘在铅笔屁股后面。胖丫不好意思地说："我把你舔了多天的糖一口吃了，这是我舅舅从天津带回来的，送给你。"

娘那会儿在院子里纳鞋底，她笑着开了口，说："胖丫，你拿这洋东西过来你娘知道不？"

胖丫说："就是我娘让我来的，说我吃了凌子的糖，凌子是我的好朋友。还说我笨，不爱学习，凌子学习好，凌子用了就不是糟蹋。"

娘揽着胖丫笑了，说："胖丫是个俊丫头，胖丫不笨，跟着凌子一块儿好好学习吧。"

那天晚上，娘拿着带橡皮的铅笔说："自家的东西跟人分享行，人家太珍贵的东西不能随便要的。"

那张玻璃纸呢，我就压在课本里，打开书就能闻到香甜味儿。

一年后我又有了各种色彩的玻璃糖纸，还是胖丫寒假时去了一趟天津她舅舅家带回来的。胖丫不好意思地说："人家把糖吃完了，我把玻璃纸给你收起来。"

我们便又多了新的玩法——玩玻璃纸。

对着太阳举起一张，闪闪发光，将单调的阳光打扮成喜欢的色彩；两张三张或更多的错开举起来，观察颜色变幻的神奇；我跟胖丫一人分一半，看谁贴的玻璃纸画好看……

后来呀，将它们都折叠成小鸟或飞机悬挂在房子里。

如今想来，一块小小的水果糖真是神奇，给年幼时的我带来那么多那么大的欢喜与收获。四十年后的今天，我依旧坚信，分享真的可以将小欢喜扩散成大快乐！